講談社文庫

御暇

交代寄合伊那衆異聞

佐伯泰英

講談社

目次

第一章　稲佐山《いなさやま》の狩り　7
第二章　クレイモア剣　69
第三章　別離の宴　132
第四章　鉄砲《たま》殺し　197
第五章　伊那帰郷　259
解説　井家上隆幸　322

交代寄合伊那衆異聞

御暇《おいとま》

◆『御暇——交代寄合伊那衆異聞』の主要登場人物◆

座光寺藤之助為清《ざこうじとうのすけためすが》
信州伊那谷《いなだに》千四百十三石の直参《じきさん》旗本・交代寄合衆《こうたいよりあいしゅう》座光寺家の若き当主。信濃一傳流《しなのいちでんりゅう》の遣《つか》い手。長崎伝習所剣術教授方として幕命により長崎に赴任。

高島玲奈《たかしまれいな》
長崎町年寄・高島了悦《りょうえつ》の孫娘。藤之助と上海に密航。〝黙契《もっけい》の嫁〟となる。

酒井栄五郎《さかいえいごろう》
千葉周作《ちばしゅうさく》道場で藤之助と同門。長崎海軍伝習所第二期生。

一柳聖次郎《ひとつやなぎせいじろう》
大身旗本の御小姓番頭《おこしょうばんがしら》の次男。海軍伝習所第二期生のリーダー格。

勝麟太郎《かつりんたろう》（海舟《かいしゅう》）
幕臣。海軍伝習所の第一期生で重立取扱《じゅうたつとりあつかい》。講武所砲術師範役。

矢田堀景蔵《やたぼりけいぞう》
海軍伝習所一期生。木造外輪船観光丸《かんこうまる》を率い、日本人だけで江戸に向かう。

陣内嘉右衛門《じんないかえもん》
老中首座堀田正睦《ほったまさよし》配下の年寄目付《としよりめつけ》。藤之助の技倆《ぎりょう》をよく知る。

椚田太郎次《くぬぎだたろうじ》
長崎江戸町惣町乙名《そうまちおとな》。藤之助のよき支援者。

町村欣吾《まちむらきんご》
藤之助の仇敵だった大久保純友《おおくぼすみとも》の死の謎を追う大目付宗門御改《しゅうもんおおあらため》与力。

ドンケル・クルチウス
阿蘭陀《オランダ》商館長。狩猟好き。

ドーニャ・マリア・薫子《かおるこ》・デ・ソト
玲奈の母。外海《そとめ》の隠れきりしたんの女長《おんなおさ》。

黄武尊《こうぶそん》
長崎・唐人屋敷の筆頭差配。

引田武兵衛《ひきたたけべえ》
座光寺家江戸家老。

文乃《あやの》
座光寺家江戸屋敷で行儀見習中。麹町《こうじまち》の武具商甲斐屋佑八《かいやすけはち》の娘。

巽屋左右次《たつみやそうじ》
浅草新鳥越《あさくさしんとりごえ》の御用聞きの親分。吉原《よしわら》に顔が利《き》く。

おらん
座光寺家の前当主と出奔《しゅっぽん》した吉原《よしわら》の女郎瀬紫《せむらさき》。黒蛇頭《くろじゃとう》の頭目老陳《ろうちん》と組む。

第一章　稲佐山《いなさやま》の狩り

一

安政《あんせい》四年（一八五七）の長崎の春を座光寺藤之助《ざこうじとうのすけ》は静かに楽しんでいた。

海軍伝習所剣術教授方の本務である伝習生、長崎奉行所、千人番所《せんにんばんしょ》の藩兵への剣術指導は連日一番先に道場に出て熱心に行い、伝習生らが天文学、海洋学、化学、分析学、外国語の座学や木造外輪式砲艦観光丸《かんこうまる》に乗り組んでの操船術、艦砲術の実戦訓練に戻った後、広い剣道場を独《ひと》り占めして自らの稽古《けいこ》に勤《いそ》しんだ。

安政三年（一八五六）から四年にかけて、長崎に逗留《とうりゅう》する藤之助にとって激動変転の歳月であった。

思いもかけないかたちで、

「異国」

訪問が実現し、短い期間ながら阿片《あへん》戦争後の清《しん》国上海《シャンハイ》の現状をつぶさに見聞することが出来た。

徳川幕府の一家臣、交代寄合《こうたいよりあい》伊那衆《いなしゅう》の当主として貴重な体験であった。だが、徳川の臣として剣術を本分に生きようと考えてきた藤之助には、衝撃の異国体験でもあった。

世界は「剣」から「銃」の時代を通り越して鋼鉄製自走砲艦の重火力時代を迎えようとしていた。

西洋と東洋の彼我《ひが》の差は歴然としていた。

それは徳川幕府とほぼ同じ時代に始まり、英吉利《イギリス》との阿片戦争の結果、事実上壊滅した清王朝の混乱の為政にみることができた。

完膚《かんぷ》なきまでに西洋列強の科学軍事力に圧倒された結果、上海など五つの都市の開港を強《し》いられ、上海にいたっては国土の中に租界《そかい》と呼ばれる、

「列強領地」

が出現していた。

その租界を拠点に交易、布教が行われた。交易は阿片であれ茶であれ武器弾薬であ

れ、利になるものならなんでも取引され、清国の国内事情など一顧《いっこ》だにされなかった。

「あの姿が徳川幕府の日本に迫っていた」

その時、藤之助はどう抗するのか、どう生きねばならないのか。

上海体験を友の酒井《さかい》栄五郎《えいごろう》や一柳《ひとつやなぎ》聖次郎《せいじろう》らと語り合えないのが、悔しかった、苛《いら》立《だ》たしかった。

万願寺《まんがんじ》蟄居《ちっきょ》の間を利して行われた藤之助の上海渡航は、あくまで隠密の行動であらねばならなかった。

蟄居の切っ掛けになったのは、江戸から派遣されてきた大目付《おおめつけ》宗門御改《しゅうもんおあらため》大久保《おおくぼ》純《すみ》友《とも》との確執で、それを気に留めた長崎奉行荒尾《あらお》石見守《いわみのかみ》、伝習所総監永井《ながい》玄蕃頭《げんばのかみ》の配慮があってのことだ。むろんその二人の配慮の陰には老中堀田《ほった》正睦《まさよし》配下の年寄目付《としよりめつけ》陣内《じんない》嘉右衛門《かえもん》の強い意向が働いてのことと承知していた。

未《いま》だ徳川幕府の根幹として鎖国策、海外渡航禁止令は生きていた。

一幕臣として、

「上海を見た」

などと口にすることは出来なかった。

「蟄居」が解けた藤之助が大人《おとな》しく与えられた職務に専心するもう一つの事情があった。

藤之助は大久保純友と対決して始末していた。むろん極秘裡《ごくひり》にだ。

長崎奉行荒尾も永井総監も勝麟太郎《かつりんたろう》らも、それが藤之助と対決しての結果と推測はしていたろう。だが、

「大久保の死」

を南蛮人剣士との対決の結果の敗北として江戸に報告していた。

その江戸からの反応がいかにあるか、それは藤之助の将来を決することになるやもしれなかった。

藤之助はために淡々とした日々を長崎の地で過ごすことになった。

滅多《めった》に伝習所の外に出ることもなく、黙契《もっけい》の嫁高島玲奈《たかしまれいな》とも会うこともなく、ひたすら剣術に没頭しながら、

「未来」

を考えていた。

二月に入って阿蘭陀《オランダ》国王から贈られた木造外輪汽船観光丸の活動が俄《にわ》かに激しさを増した。

連日のように海軍伝習所第一期生矢田堀景蔵《やたぼりけいぞう》らを乗せて長崎湾外、角力灘《すもうなだ》に出て厳しい操船訓練と砲術訓練に明け暮れていた。

元々《もともと》観光丸（スンビン号）は、阿蘭陀国が日本に派遣した第一次東洋艦隊所属の軍艦であった。砲六門を備えた五百トンの三檣《しょう》スクーナー型コルベットを阿蘭陀国王が徳川幕府に贈り、海軍伝習所の訓練艦となっていた。後々のことだが、

「近代海軍はこの観光丸から始まった」

といわれるようになる。

とまれ、話が進み過ぎた。

およそ半月後の三月四日に観光丸は、江戸に向けて航海することが長崎伝習所より布告され、初代伝習所総監永井が乗船して江戸に帰ることが決まっていた。

その際、矢田堀ら伝習所第一期生有志が航海の指揮をとるのだ。

画期的なことだった。

寛永《かんえい》五年（一六二八）、幕府では向井将監《むかいしょうげん》ら五名を御船手頭《おふなてがしら》に任じて、将軍家の御《お》召船《めしぶね》の操船や水上の運輸を掌《つかさど》らせた。だが、その任務は海上航行ではなく河川航行が主目的であった。むろん鎖国令に関わりがあってのことで、この二百有余年の間に海上航行の技術も造船術も大きく立ち遅れていた。

日本近海に西洋列強の艦隊が姿を見せ、開国を迫る中、長崎に誕生した伝習所の第一期生の手で観光丸が江戸に回航されるわけで、それはつまり卒業試験でもあった。

そのために観光丸は朝から夕刻まで大波止《おおはと》沖の停泊錨《びょう》を離れて外海に出ていた。

藤之助がこの日、朝稽古の指導に続いて独り稽古を終えて井戸端に向かったとき、どこからともなく梅の香りが漂ってきた。

生垣の向こうで影が動いた。

長崎奉行所西支所内の海軍伝習所宿舎だ。長崎人が自由に出入りすることは叶《かな》わない。

だが、長崎人によって奉行所であれ、出島《でじま》であれ、唐人屋敷であれ、抜け道が設けられてあった。

「なんぞ用か」

影に向かって藤之助は声をかけた。

「玲奈様の遣《つか》いにございます」

「申せ」

「本日昼九つ（正午）稲佐山《いなさやま》にて待つとの言付けにございます」

「承知した」

影が消えた。

約定《やくじょう》の九つまで半刻《はんとき》しかない。

藤之助は、稽古着を諸肌《もろはだ》に脱ぎ、井戸水を釣瓶《つるべ》で汲《く》み上げて桶《おけ》に移して手拭《てぬぐい》を浸して固く絞り、汗を拭《ぬぐ》った。

さっぱりとしたところで教授方の宿舎に戻り、普段着の小袖《こそで》に袴《はかま》を着けて腰に藤源次助真《とうげんじすけざね》と脇差長治《わきざしおさはる》を手挟《たばさ》んだ。

だが、このところ必ず外出に携帯してきたスミス・アンド・ウエッソン社製輪胴式五連発短銃は身に着けなかった。

その代わり、子供のころから手に馴染《なじ》んだ小鉈《こなた》を懐《ふところ》に突っ込んだ。

朝餉《あさげ》に続いて昼餉《ひるげ》を抜くことになりそうだが、稲佐山の山荘にいけば食べ物くらいあろうと藤之助は考えた。

長崎奉行所西支所と海軍伝習所を兼ねた建物の顔馴染みの門番に、

「ちと出て参る」

と久しぶりの他出を告げた。

教授方の外出は格別にだれの許しを得る必要もない。

「このところ道場にお籠《こも》りにございましたな」

「あまりふらついては外聞も悪かろう」

「座光寺様が外聞ば、気になさっとですか」

長崎生まれの門番が笑った。

「それがしこれで肝《きも》は小さいほうでな。蟄居放免の後も謹慎しておった」

「外出なさるちゅうことは、謹慎があけたということたいね」

「まあ、そんなところか」

門番と冗談を交わした藤之助は大波止の船着場へと下った。すると大波止の一角で普請《ふしん》が行われていた。

何事か、と覗《のぞ》くと大勢の人の中に豆州《ずしゅう》戸田湊《へだみなと》の船大工上田《うえだ》寅吉《とらきち》の姿があった。

「座光寺様、お久しぶりにございますな。剣道場に籠っておられるようで、お顔が白くなられましたな」

と笑いかけた。

「寅吉どの、なにが出来るな」

「木造帆船の造船場を造ります」

「寅吉どのにとってはいよいよ実践の時が到来したな」

「帆柱に吊《つ》るされた主帆と補助帆がどんな風も捕らえ、竜骨が船体を支え、内舵《うちかじ》が方向を自在に転じ、隔壁と甲板を備えて水密性を高めた帆船建造がまずわっしら、阿蘭陀勉強の第一歩にございますよ」

この大波止で建造された木造帆船が長崎丸《ながさきまる》だ。

「忙しくなりそうな」

「座光寺様ほどではございません」

寅吉が作業の指揮に戻っていった。

藤之助は石段の船着場に下りた。するとどこからか藤之助の行動を見張っていたか、阿蘭陀人船大工が玲奈のために建造したという小帆艇《しようはんてい》レイナ号が姿を見せて、石段下に立つ藤之助の前をゆっくりと横切ろうとした。

藤之助は無言裡に甲板に飛び乗った。

船尾で舵棒を操るのは高島家の若い衆だ。

「頼む」

と藤之助は相手に声を掛けると舳先《へさき》に行き、助真を抜き、胡坐《あぐら》を掻《か》いた。

方向を稲佐山下の浜に向けたレイナ号が疾走を始めた。

藤之助は稲佐山の頂《いただき》に目を向けた。

春霞《はるがすみ》が立つ稲佐山の斜面を白梅紅梅がまだらに染めていた。

頰《ほお》にあたる波飛沫《なみしぶき》も温《ぬる》み、気持ちがいい。

あっ

という間に稲佐浜が見えてきた。

いつものように何度も水を潜《くぐ》った久留米絣《くるめがすり》を着込み、姉《あね》さん被《かぶ》りのえつ婆《ばあ》の姿も視界に捉《とら》えた。なにか頻《しき》りに腰を屈《かが》めて作業をしている様子があった。

「えつお婆」

藤之助が呼ぶと、

「旦那様」

とえつ婆が気付いて箒《ほうき》を持った手を振った。

旦那様とえつ婆が藤之助を呼んだのは、藤之助と玲奈が夫婦であることを知るただ一人の人物であり、仲人だからだ。

えつにとって藤之助は玲奈嬢様の、

「旦那」

だったのだ。

藤之助が舫《もや》い綱《づな》を摑《つか》んで船着場に飛んだ。杭《くい》に係船して立ち上がるとなぜか稲佐浜に馬の臭《にお》いが漂い、えつはその馬糞《ばふん》を掃除していた。

「この浜で馬を見たことはないが」

「山に上がればわかるやろ」

えつはなにが起こっているのか、藤之助に告げなかった。

「ならば山に上がろうか」

藤之助は身軽にも稲佐の集落を抜けて頂への山道にかかった。するとそこにも馬蹄《ばてい》の痕《あと》が残り、馬糞があちらこちらに落ちていた。

土手側には山椿《やまつばき》が山道に差しかかり、白い花が落ちているところを見ると馬上の人間の体にあたって散ったものか。

藤之助は春の息吹を五体に感じながら山道を一気に登りきった。すると蜜柑《みかん》の木々の向こうに七、八頭ほどのペルシャ馬が繋《つな》がれていた。

馬体が汗に光っているところを見ると、稲佐山の周辺を遠乗りしてきたものか。

藁葺《わらぶ》きの大家《たいか》の入口に稲佐山荘と書かれた立て札があって、その下に異国の言葉が併記されていた。どうやら新しく立てられた看板のようだ。

ふいに玲奈が姿を見せた。

この日、春の日差しに眩《まぶ》しいほどの白木綿でふんわりと仕立てた長衣《ドレス》を身につけ、乗馬靴を履いていた。

「藤之助」

と目敏《めざと》く姿を認めた玲奈が駆け寄ると藤之助を抱擁《ほうよう》し、唇《くちびる》に唇を重ねていつもの挨拶《あいさつ》を望んだ。

藤之助の五体にも玲奈を求める強い欲望が奔《ほとばし》り、鼻腔《びこう》を玲奈の芳《かぐわ》しい香りが刺激した。

だが、二人は欲望を抑えて顔を離した。

「遠乗りか」

と問う藤之助の異変に気付いたように左の脇下を玲奈が探った。

「銃が必要であったか」

玲奈が首を横に振り、

「もはや藤之助にとって欠かせない武器だと思っていたから」

「スミス・アンド・ウエッソンもコルト・パターソンモデルも強力にして便利な飛び道具よ。だがな、あまりにも簡便強力な道具に頼ると、武術がなにか忘れそうでな、本日は外して参った」

と複雑な心中を簡単に答えた藤之助は、

「だれか客か」

「阿蘭陀商館員と奉行所の通詞方《つうじがた》よ」

藤之助は藁葺きの大家を見た。

「去年のことになるわ。追加条項で阿蘭陀士官に狩猟の許しが出たの。本日が稲佐山での最初の狩りよ」

嘉永《かえい》五年（一八五二）を最後に阿蘭陀商館長一行の江戸参府も中止になっていた。今や阿蘭陀一国が将軍家に、

「お礼言上《ごんじよう》」

をなして次なる年の交易を保つ時代は瓦解《がかい》していた。

英吉利、亜米利加《アメリカ》、おろしゃを始め、列強が強硬に繰り返し開港と通商を迫っていた。

長崎の出島に封じ込め、阿蘭陀人との独占的な交易を図ってきたことも有名無実になり、阿蘭陀人の行動も段々と自由になっていた。

「獲物はあったか」

玲奈が笑いながら顔を横に振った。

「あちらの狩りは特別に訓練された犬が野兎《のうさぎ》や野鳥を追い回し、そこを撃つやり方なの。狩りは許しが出ても獲物を追うための犬がいないでしょ。まだ一匹も一羽もな

し」

と苦笑いした。

「出島くずねりも手持ち無沙汰《ぶさた》にしているわ」

出島くずねりとは料理人のことだ。単にくずねり、くすねりとも呼ばれた。元々コスネイロの葡萄牙《ポルトガル》語が転じたものだ。

阿蘭陀商館には三人の出島くずねりが常駐し、長のくずねりの年俸は銀八百八十匁《もんめ》であったとか。

「昼から猪狩《いのししが》りの犬を借り受ける話がついたから、昼からの狩りはなんとか獲物がとれそうよ」

さあ、と腕を組んだ玲奈がおけいの稲佐山荘へと案内していった。

「玲奈、朝からなにも食しておらぬ。おけいになんぞ頼んでくれぬか」

「あらまあ、うちの旦那様は腹を空かせて働いておられたの。可哀想《かわいそう》に」

山荘の敷居を潜《くぐ》ると広土間に阿蘭陀人の士官などが五人、奉行所の通詞が二人に、初めて見る顔の武士が付き添っていた。三十前後の年齢か。

藤之助は、江戸の匂いを感じ取った。だが、そのことを意識しないようになじみに向けて挨拶した。

皆、赤葡萄酒《ぶどうしゅ》を飲み、干し肉とチーズを挟んだ麵麭《パン》を食べていた。

藤之助の挨拶に気付いた阿蘭陀人らが真っ先に声をかけてきた。その中の一人は商館長ドンケル・クルチウスで、すでに藤之助とは旧知の仲だ。

「藤之助、久しくお見かけしなかった上に、顔色が白くなられたようにお見受けするが病気ではないか、と案じておられるわ」

玲奈がクルチウスの言葉を笑いながら通訳し、

「たしかに色が白くなったわね」

と藤之助をしげしげとみた。

「道場と宿舎の往復だ。日を拝むこともなかったでな、かように色が落ちた。病《やまい》ではないでご安心なされよと伝えてくれ」

「座光寺様、握り飯のほうが宜《よろ》しゅうございますか」

とおけいが藤之助のことを気にした。よくみると見知らぬ武家も通詞方も握り飯を頰張《ほおば》り、古漬けをばりばり音をさせながら食していた。

「いや、それがし、赤葡萄酒と麵麭にても構いませぬ」

「ならば直《す》ぐに」

「交代寄合伊那衆座光寺様にございますな」

とただ一人初対面の武士が藤之助に声をかけてきた。

「いかにもそれがし座光寺藤之助にござる。そなた様は」

「大目付宗門御改与力《よりき》町村《まちむら》欣吾《きんご》と申します」

予測していたことだ。

「大目付宗門御改与力と申されますと大久保純友様のご配下にござるか」

「いかにもさようにございます」

「お役目ご苦労に存じます」

藤之助は江戸からの反響がこの人物の出現なのかと考えながら、挨拶を返した。すると相手が即座に突っ込んできた。

「それがしの役目をご存じですか、座光寺様」

「大久保様が非業の死を遂《と》げられた折、その真相究明かと存ずる」

「大久保様を殺したのは南蛮人剣士と聞きました。その者、すでに異郷に戻ったやに聞いております。真相究明と申してもどこから手をつけてよいか。座光寺様、ご教授下され」

クルチウス商館長との話を終えた玲奈が振り返り、

「町村様を紹介するのを忘れていたけど、もうその要はないようね」

と言うと、

「宗門御改の中でも穏健なお方と江戸から町村様の評判が伝わってきたわ。でも、このような方こそ一番手厳しいものよ。藤之助も注意なさい」

と玲奈が笑いかけたとき、表で犬の吠《ほ》え声がした。

二

藤之助が腹拵《はらごしら》えして稲佐山荘の表に出ると、猪狩りに使われるという犬がすでに興奮の体《てい》で体じゅうの毛を逆立て吠えていた。

すでにクルチウス商館長らは鞍上《あんじょう》にいて猟銃を携《たずさ》えていた。

玲奈が二頭の馬を引いてきた。どちらも藤之助には馴染みが深いペルシャ馬、高島家の所蔵馬だ。

日本に、つまりは長崎に西洋馬術が初めて披露されるのは、享保《きょうほう》六年（一七二一）のことで、出島に簿記方として雇われた紅毛人ヘンデレキ・レイキマンが将軍吉宗《よしむね》のもとめに応じて西洋馬術を上覧した折だ。

西洋馬が渡来したのは天正《てんしょう》十九年（一五九一）、きりしたんばてれんが豊臣秀吉《とよとみひでよし》に一頭のアラビア馬を献上したときだ。この馬は、ローマ法王が少年使節に託したものであったが、秀吉は馬種改良とか西洋馬術の習得とかを考えることはなかった。ただ、珍しい馬として謁見《えっけん》したに留まった。

一方、動物好きの八代将軍吉宗は、体高まで指定して西洋馬五頭、それに見合う馬具一式、および馬術師の来日を江戸参府の商館長一行に要請している。

その願いが聞き届けられたのは、享保十年（一七二五）のことで、長崎に到着した。

享保十一年（一七二六）春、阿蘭陀人馬術師ケイズルは、吹上《ふきあげ》御所で吉宗に西洋馬術の技を披露した。そのときの馬はペルシャ馬、ジャガタラ馬で日本の馬より体格がはるかに大きかった。

ケイズルはまた南部馬を見事に乗りこなして銀三十枚の恩賞を得ている。

ケイズルは、享保十一年に阿蘭陀船で長崎を去ったが、翌享保十二年（一七二七）に再来日して出島に逗留し、長崎に西洋馬術を広めた。また、ケイズルの功績の一つは斉藤三右衛門盛安《さいとうみつえもんもりやす》に馬術の調練法や馬の治療法を伝えて習得させたことだ。

「藤之助、銃はどうするの」

短銃を携帯してこなかった藤之助に玲奈が問うた。

「本日は皆さんのお手並み拝見だ」

手綱《たづな》を貰《もら》った藤之助がひらりとペルシャ馬に跨《また》がった。

阿蘭陀人五人と玲奈、それに町村と藤之助が馬上の人になり、通詞方二人は稲佐山荘で待機するようだ。町村の馬だけが日本産の馬で塗《ぬ》り鞍《くら》だった。

「藤之助、仕度《したく》はいいのね」

「獲物を集める役目を務めよう」

陣笠にぶっさき羽織の町村は、狩猟用のライフルを携帯せず、一人だけ弓矢を持参していた。

クルチウスが犬を連れた猟師に何事か話しかけ、犬の綱を引いた猟師を先頭に尾根《おね》道を西へと進み始めた。

藤之助は玲奈と並んで歩を進めた。

一行は長崎湾を見下ろして湾口へとまずはゆったりと進んだ。

「昼前は北側の山を走り回ったの」

高島家がいつから西洋馬を飼い始めたか藤之助は知らなかった。

南蛮鞍に跨って玲奈と並足で併走しながら、

「これほどの数の西洋馬が長崎にいたとはな」

「阿蘭陀商館の馬を何頭かうちで預かっているわ。出島は馬が走り回るほど広くはないでしょう」

「玲奈、そなたが物心ついたときから馬小屋に西洋馬がいたか」

「そうね、うちがペルシャ馬を飼育するようになったのは曾爺様《ひいじいさま》の代というから、かれこれ八十年にはなるのではないかしら。私は最初からペルシャ馬の鞍に跨っていたわ」

「伊那谷の山吹《やまぶき》領陣屋《じんや》の飼育馬の体高は、この馬の六、七割もあったかなかったか。それがしが跨ると足裏が地面に着いた」

藤之助はそういいながら、ただ一頭の日本馬に跨った町村欣吾を振り向いた。町村は大型のペルシャ馬に従うため必死に手綱を操っていたが、藤之助らと間がだいぶ開いていた。

藤之助は手綱を引き絞って馬を止めた。玲奈も藤之助の意図を察して手綱を絞った。

「藤之助、大目付大久保純友様の死は幕閣で激しい議論を呼んだようよ。だけど、結局、謎《なぞ》の南蛮人剣士によって齎《もたら》されたものとして決着をみた。それでも大目付宗門御改周辺では、大久保様が南蛮人などに引けをとる筈《はず》がない、なんぞ長崎が企んだことではないかという考えが根強く残っているの。町村欣吾様の長崎入りも大方、その辺の意を含んでのことね」

　と小声で町村来崎の背景を説明した玲奈が、

「藤之助、気を付けて」

「玲奈、それがし、幕閣のご判断を支持するものでな、いささかも気を付けることなどないわ」

「藤之助、南蛮人剣客のフルーレ剣の刎《は》ね斬《ぎ》りをようも刀で真似《まね》たものね」

　玲奈の言葉に藤之助が答えることはなかった。

　ようやく町村欣吾が二人に追い付いてきた。

「座光寺先生、なかなか馬術も巧みですな」

「高島嬢の仕込宜しきを得て、なんとか南蛮鞍から落ちぬ程度には上達致しました」

「これがあちらとわが国の実情の差でござるか」

　町村が長閑《のどか》な表情で藤之助と玲奈を見上げた。

「すべてにおいて事情が異なるようです」

「座光寺先生は異郷も承知とのこと、やはり想像以上でしょうな」

　町村がのんびりとした口調で問いかけた。

「町村どの、それがしの異国の知恵はこの長崎の出島を通してのものにござってな」

「おや、江戸ではもっぱら座光寺藤之助どのと高島玲奈嬢は清国の上海事情を極秘裡に見物にいったとの噂が飛んでおりまするが、真実《まこと》ではございませぬのか」

「町村どの、いくら、幕府の綱紀が弛《ゆる》んでおるとは申せ、幕臣が勝手に異国に渡れるものですか」

「長崎の常識はいささか江戸のそれとは異なっておると聞いて参りましたがな」

「長崎と江戸、近いようで遠ございますな」

と藤之助が当たり障りなく答えたとき、数丁先から興奮した犬の吠え声がした。

「猟師が放したようね」

玲奈がそういうと馬の鞍に固定した革袋から狩猟用の散弾銃を抜くと、馬腹を蹴《け》った。

「なんとも勇ましゅうございますな」

町村欣吾がそう感嘆すると手拭で額《ひたい》の汗を拭った。

「われらも参りましょうか。おいてきぼりを食うことになりますぞ」

藤之助も手綱を緩めると、

「はいよ」

と声をかけた。

稲佐山の尾根道の日差しは穏やかで鳥の声が競い合うように鳴いていたが、一行の出現と犬の吠え声に不意に鳴き声を止めた。

顔にあたる風が心地よい。

一丁先で尾根道は左右にふくらみ、右側の山の斜面が緩やかな傾斜で谷へと落ちていた。その笹藪《ささやぶ》を三頭の犬が猛然と走り、獲物を追い出そうとしていた。

尾根道に商館員たちが馬に跨ったまま、散弾銃を構えていた。

ふいに雉《きじ》が飛び出して笹の上を尾根道に向かって飛翔してきた。

ドンケル・クルチウスの銃が尾根道に木魂《こだま》して響いた。

笹の上から虚空へと飛翔しようとした雉の体から、
ぱあっ
と羽が飛び散って笹藪に落ちていった。

藤之助は鞍から飛び下りると笹藪を走った。

獲物を追い出した犬の一群が雉に向かって走ってきた。だが、尾根道から駆け下った藤之助が一瞬早く雉を見付け、摑《つか》んだ。すると直ぐ近くに興奮した犬の息遣《いきづか》いが響いた。

藤之助が立ち上がった。すると犬たちが手にした獲物に飛びかかろうとした。

「待て！」

藤之助が大喝《だいかつ》した。

腹の底から搾《しぼ》り出された声だ。

犬たちが怯《おび》えたように立ち竦《すく》んだ。

「よしよし」

猟師が駆け付けてきて、

「お侍、猪狩り犬たい、堪忍《かんにん》してつかあさい」

と詫《わ》びた。

「なんのことがあろうか。よう制止の言葉を聞き分けた」

「初めて見ましたばい。山に入った犬たちがくさ、他人の言うことを聞いたところをたい」

と猟師が首を捻《ひね》った。

「それがしの声が大きかったで驚いたか」

と笑った藤之助に、

「西洋鉄砲の音はくさ、わしらの猟師銃とだいぶ違いますもん。犬たちはそれでだいぶ気が立っちょります」

「いかにもいかにも」

と応じた藤之助は、

「この界隈《かいわい》、なにが捕れるな」

「雉、鴨《かも》、山鳩《やまばと》でございますたい」

「猪はどうだ」

「谷に入ればおりまっしょ」

藤之助は雉を持ってドンケル・クルチウスのもとにいった。

「最初の獲物、祝着《しゆうちやく》にござる」

藤之助の言葉が分かったようににっこりと笑って何事か応じた。礼を言ったにしては長い言葉だった。

藤之助にはクルチウスの言葉は一語も理解つかなかった。

「銃の名手のあなたがどうして銃を携帯しないのか、商館長は不思議がっているの」

と玲奈が駆け付けてきて通詞をしてくれた。

「最前申したとおりじゃあ。それがし、刀を捨てて銃に乗り換えることを迷うておる」

玲奈が藤之助の悩みを通訳した。するとクルチウスが大きく頷《うなず》いて言葉を返した。

「新しい道具を前に悩み、迷うことは悪いことではないと商館長は言っているわ。それは藤之助が学んで身につけた日本古来の考えや技を深く尊敬するがゆえのことだからだって」

「それがしは一旦《いったん》手にした銃器の空恐ろしいまでの利点を知ったがゆえに躊躇《ちゆうちよ》しておる」

再び玲奈は藤之助の言葉を通訳した。するとクルチウスが答えた。

「どのような道具も利点と欠点を合わせ持っている、それに藤之助は気付いた。次に行動を起こしたとき、藤之助が得た道具が真《まこと》の手足になると言っているわ」

「そうかもしれん。それがし、利便性を持つ道具がそれがしをどう変えるか、変えぬか、承知して使いこなしたいのだ」

「それでいい、藤之助」

と玲奈が言った。

一行はしばらく尾根道に留《とど》まり、猟を楽しんで雉三羽、兎四羽を得た。

ドンケル・クルチウスと玲奈が猟師らと話し合い、馬を尾根道に置いて徒歩で谷へと下り、猪を狙うことにした。

町村欣吾が馬を捨て、急に張り切った。

弓を背中に負うと猟師らと一緒になり、先頭で谷をおり始めた。

藤之助は玲奈の散弾銃を負い、手をとって下った。

阿蘭陀人たちは斜面を散開するように銃を構えておりていくのが見える。

ドンケル・クルチウスのビロード地の山高帽子が日差しに光って動いていく。

カラス岩を目印に山の斜面を下ると雑木林に移った。

そこで猟師らが再び犬を放った。

商館員の一人がラッパを吹き鳴らした。

犬が一斉《いっせい》に雑木林の中を走り出した。

吠え声とラッパが呼応して雑木林が騒然となった。

藤之助は町村が背から弓を下ろして矢を番《つが》えたのを見た。その挙動に一部の隙《すき》もない。流れるような動作だ。

(この者、弓の達人か)

藤之助はそう思いつつ、玲奈に散弾銃を手渡した。

「私、狩りってあんまり好きじゃないの」

と玲奈が思いがけない言葉を口にした。そういえば、玲奈、未《いま》だ一弾も発射していない。引き金を引いたのは阿蘭陀人ばかりだ。

藤之助が玲奈を見た。

「だって生き物の目って純真無垢《じゅんしんむく》でしょ。馬だって鳥だって見合っちゃうと駄目なの」

「意外な面を曝《さら》してくれたな」

「亭主どのだから告白したの」

「銃はそれがしが携帯していよう」

「商館長たちが気にするわ、私が持つ」

と玲奈が銃を手にした。

その瞬間、犬の吠え声が高鳴り、藪陰から灰色の生き物が飛び出した。

阿蘭陀人たちが叫び合い、銃口を向けた。

だが、それよりも早く動いたのは町村欣吾だ。弓を満月に引き絞ると狙《ねら》いを定めて、ひょいと弦を離した。

矢が弦を放れて谷に向かって走る猪の前方に飛んだ。

それは一見《いっけん》早過ぎる弓射と思えた。

だが、猪の走るかなり前方に向かって射たれた矢が雑木林の木漏れ日《こもれび》の下を飛ん

で、その鏃《やじり》に猪が飛び込むかたちで首筋に突き立ち、
ひゅん
というような鳴き声を上げた獲物が前肢《まえあし》を折ると斜面に転がるのを、藤之助は見た。

見事な弓射だ。

猪はごろごろと転がりながら、杉の大木の幹元にぶつかって跳ね返り止まった。

「お見事なり、町村どの」

藤之助が褒《ほ》めると坂を駆け下った。

町村もまた新たな矢を番えながら、獲物へと走ってきた。

矢は首筋を鮮やかに射抜いていた。

まだ若い猪か、十三、四貫ほどの大きさだ。

「お見事でした」

再び藤之助が褒めると照れたような笑みを浮かべた町村が、

「猪《しし》が勝手に矢先に飛び込んできました。それがしの腕ではござらぬ」

と謙遜《けんそん》した。

そのとき、地響きが起こった。

藤之助が振り向くと牙を振り立てた巨大な猪が町村と藤之助の、いや、射止められた猪のもとへと突進してくるのが見えた。

その前にドンケル・クルチウスが立ち塞《ふさ》がって銃を構えた。だが、銃を上げ、狙いを定めるのが余りにも遅すぎたし、大猪の突進が早かった。

あっ！

という玲奈の悲鳴が上がった。

その直後、大猪がクルチウスの巨体を掬《すく》い上げるように虚空に跳ね飛ばし、自らも転がった。

藤之助から十数間先の出来事だ。

町村が矢を射ようと構えたが、クルチウスの倒れた体と大猪が重なり、弦を離すことが出来なかった。

藤之助は斜面を駆け上がった。駆け上がりながら、懐の小鉈を手にした。

転がった大猪が立ち上がり、よろめき立つクルチウスを見た。

「立つでない、寝ておれ」

と叫んだが、山高帽子も銃も飛ばした商館長には通じない。意識が朦朧《もうろう》としているのだ。

猪が四股《しし》を踏ん張り、力を溜《た》めると突進しようとした。

その時、藤之助は五間と迫っていた。

足場が悪いのも杉の大木があってクルチウスがよろよろと立っていることも承知していた。

しゃあっ！

藤之助の口から叫び声が発せられた。

伊那谷の山々を遊び場にして猪や熊と遭遇してきた藤之助らが獲物に先んじて機先を制する叫びだった。

大猪が顔を藤之助に向けた。

その瞬間、右手が捻られて小鉈がくるくると廻《まわ》りながら杉林を飛んで、大猪の眉間《みけん》に刃が突き立った。

ぎゃああっ！

悲鳴が大猪の口から洩《も》れてよろめくように藤之助に向かってきたが、数歩前で足をもつれさせ、横倒しに斃《たお》れ込んだ。

稲佐山の西の谷に再び地鳴りが起こった。

ドンケル・クルチウス商館長が顔を横に振って意識を回復させると、

「トウノスケ」

と叫びながら藤之助に飛びついてきた。

三

おけいの稲佐山荘に戻った一行は、獲物を出島料理人《くずねり》に渡し、早速《さっそく》猪のうち町村欣吾が矢で仕留めた若猪が解体された。

出島から持参した香辛料やボートル（バター）、葡萄酒を使っての調理が始まった。

大猪の突進に突き飛ばされたドンケル・クルチウス商館長は、幸いなことに傷はなく打撲《だぼく》程度で済んだ。帰路も馬に跨って尾根道を戻ってこられた。

打撲は二箇所、鼻先で突き飛ばされた太股《ふともも》と斜面で打ちつけた腰だったが、おけいが山荘付近に自生する薬草を練り合わせた薬を塗り、白布で包帯をすると、クルチウスは元気を取り戻し、

「痛みにはこの薬が一番」

と玲奈らに赤葡萄酒のグラスを差し上げてみせた。

藤之助は、商館長の言葉は分からなかったが、

「この様子なればまず大事はなかろう」

と一先《ひとま》ず安堵《あんど》した。

「商館長《カピタン》が藤之助は命の恩人と感謝しているわよ」

「命の恩人とは大袈裟《おおげさ》な」

「いえ、間近にたけり狂った大猪の牙を見たとき、もう駄目かと思ったそうよ」

ヤン・ヘンドリック・ドンケル・クルチウスは、長崎出島の最後の阿蘭陀商館長を務めることになった知識人であった。

同時に激動の幕末、列強の横暴と幕府の無策の間で難儀した阿蘭陀人外交官でもあった。

出島外交を通じて徳川幕府との密接な信頼関係が保たれてきたにも拘《かか》わらず、阿蘭陀が日本と和親条約を結んだのは、列強の後塵《こうじん》を拝した安政二年十二月二十九日のことだ。

クルチウス商館長は、長崎の地で日本の国力を増強するために自国から海軍士官を招聘《しょうへい》して、日本人に海軍伝習を行わせ、軍艦建造技術の向上にも日夜尽力していた。

ずっと後年のことになる。

クルチウスは、日本滞在の折に収集した日本の書籍を阿蘭陀に持ち帰り、母校ライデン大学に寄贈して日本学の基礎を作った。

四十三歳の外交官は酒と話の合間に何度も藤之助の手を握り、感謝の言葉を繰り返した。

香ばしい匂いが稲佐山荘の食堂に流れて、最初の料理が出てきた。

大きな塊《かたまり》のままに調理された骨付き野猪の香草焼だ。

おおっ
という歓声が上がった。

ただ、町村欣吾だけは顔を歪《ゆが》めたが、すぐに笑みを浮かべて礼儀に従った。

出島くずねりが野猪を上手に切り分けて、まず玲奈に供した。

「いい香りよ」

と玲奈がかたちのいい鼻を蠢《うごめ》かした。だが、皆に料理が取り分けられるまで手を付けようとはしなかった。

全員に野猪の香草焼の皿が配られた。

皿やナイフ、フォークは出島から持参されたものだ。なにしろ嘉永《かえい》五年（一八五二）まで江戸参府を繰り返して外交を保ってきた阿蘭陀外交官らだ。

江戸への道中、料理器具、調味香辛料、塩漬けの豚、ラカン（ハム）などを携行したくずねり二人が本隊に先駆けて先行し、本隊が宿に着いたときは夕餉《ゆうげ》が供されるような習わしが出来上がっていた。それだけに稲佐山への狩りに同行して、料理することなどお手のものだった。

「カンパイ」

と商館長が日本語で音頭をとり、赤葡萄酒を干すと猪料理に手をつけた。

藤之助もナイフとフォークを使って野猪を切り分け一口食して、

「これは美味かな、稲佐山の猪は脂がのっておる」

と玲奈に笑いかけた。

「町村様にお礼を申されることね」

と玲奈も優美にナイフとフォークを使いながら藤之助に忠言した。

「忘れておった」

と町村の席を見ると、江戸から長崎に到着したばかりの大目付宗門御改与力は困った顔で赤葡萄酒のグラスを手にしていた。

「町村どの、異国の料理は苦手ですか」

ふうっ

と溜息《ためいき》を吐《つ》いた町村が、

「座光寺様方はようこの臭《にお》いに耐えられますな」

と顔を顰《しか》め、赤葡萄酒を少しだけ啜《すす》った。

「第一小刀と刺《さ》す股《また》のごとき道具で食べ物を食するとはどういうことか」

「お国それぞれに作法や習慣がございます。われらもそれに慣れるしかございますまい」

「座光寺様ほどあっさりと長崎事情にも異国の風習にも馴染まれた幕臣はこれまでございませんな」

阿蘭陀通詞肝付八兵衛《きもつきはちべえ》が笑いかけた。

肝付は、猪料理に箸《はし》で挑んでいた。

肝付家は阿蘭陀通詞の家系でも、平戸《ひらど》から長崎に商館の移動とともに移り住んできた
「平戸組」

の一家であり、肝付の他に名村、西、志筑《しづき》、本木《もとき》、横山、石橋、猪俣《いのまた》家があった。

これとは別に長崎出の、

「長崎組阿蘭陀通詞」

があって、吉雄《よしお》、今村、加福《かふく》、楢林《ならばやし》、堀、茂、中山の七家が通詞方を担当してきた。後年になると馬場、馬田二家が加わった。このうち馬田と加福家は唐人の出であった。

「伊那谷の山猿にござれば粗野にして無知、元々作法など持ち合わせておりませぬ。それだけに見よう見真似《みまね》の山猿作法にござる」

「いえ、座光寺先生は天性のなにかを持ち合わせておられる。町村様、見られよ、見事なナイフとフォークの使い方をな」

と言い出したのは、長崎組の加福海山《かいざん》だ。

加福はどっぷりとした体格で唐人の血を引くせいか、鷹揚《おうよう》にも豪快に手で骨付きの猪料理にかぶりついていた。

「座光寺様、見よう見真似と申されたが、どなたから手解《てほど》きを受けられました」

町村のうんざりとしたような言葉には藤之助の人物を探る問いが隠されていた。だが、藤之助は素知らぬ顔で、

「それがし、長崎に参り、幸いにも多くの長崎人に知己《ちき》を得ました。それがしがあまりにも物事を知らぬゆえ、皆々様が手を差し伸べたくなったものと見えまする。その方々の導きで恰好《かっこう》ばかりは真似ておるようですが、どうも様《さま》になっておりませぬ」

「どう致しまして。藤之助ほど自然に素早く異人の作法を身に付けた人間はいないわ。江戸から長崎にきた無数の幕臣の中でも稀有《けう》の人よ」

玲奈の言葉に、

「おお、忘れておったわ。それがしの一番大事な先生は、この高島玲奈様にござってな、町村どの」

「そうそう、町村様、ただ今、この長崎で最強の二人と評判を取っておられるのが高島玲奈嬢様と座光寺藤之助様でございましてな」

加福が猪の骨を片手に握って二人を指した。

酒好きの加福の顔はすでに真っ赤であった。猪狩りに同行しなかった阿蘭陀通詞はその間も酒を飲んでいたとみえる。

「幕閣でもお二人の噂は話題になるそうです」

と町村が赤葡萄酒を嘗《な》めながら呟《つぶや》いた。

「ほう、どのようなことが噂になっておりますかな」

と加福海山が町村に絡むように聞いた。

「それがし、大目付配下では下役にござれば、他人のまた聞きでしてな、真偽は知りませぬ」

と町村が阿蘭陀人たちの席をちらりと見遣った。

だが、クルチウスらは野猪料理を堪能《たんのう》し、赤葡萄酒を飲みながら狩りの話に夢中だった。

「お二人は徳川のために益ならずと申される幕閣のお方と、いや、異国に対抗するためには二人の度量と見識は大事大切と主張なされるお方がおられるそうで、幕府としてもどう取り扱ってよいか判断に迷われているとか」

「その議論自体がそもそも時代遅れにございますな」

と加福が酔った勢いで平然と言い切った。

「通詞どの、どういう意か」

「町村様は長崎に参られたばかりゆえ、まだ列強に囲まれた徳川様の国がどのような現実にあるかご存じない。数年後、徳川幕府が存続しておるかどうか、甚《はなは》だ怪しいものでな」

「なにっ」

と温厚を装ってきた町村がいきり立った。

「まあ、お聞きなされ。それには清国の現状をつぶさに観察なされることです。清国の国土は徳川様のこの日本より何十倍も広い、民の数もそれだけ多い。にも拘らず、英吉利の砲艦数隻で清国はあっさりと敗北し、上海を始め、五つの港が開かされた。上海には、英吉利、仏蘭西《フランス》、亜米利加の列強の租界が設けられたそうな。で、ござろう、座光寺先生」

と加福が酔った勢いで藤之助に聞いた。

「そのような話を聞いたことがございます」

「さすがに座光寺先生、私の問いをあっさりと外されましたな」

と笑った加福が、

「町村様、わずか数隻の砲艦が清国を敗北に追いやった。この二の舞がこの地で起こらぬ保証はどこにもございませぬ。聞くところによると江戸では昔ながらの鎧兜《よろいかぶと》に槍薙刀《やりなぎなた》を新調なさる旗本衆がおられるとか、甚だ時代錯誤かと存ずる」

「徳川幕府が異国の砲艦の前に屈服すると申されるか」

町村の舌鋒が弱くなっていた。

「町村様、そなたの目で確かめなされ」

と加福も語調を緩めた。

「私が言いたかったのは、高島玲奈様も座光寺藤之助様も新しい時代に対応できる人材ということにござる。いわば徳川にとっても長崎にとっても宝にござる」

と加福が言葉を納めるように言った。

二皿目に阿蘭陀菜、ちさ、人参、かぶらの温野菜が出てきた。

一品目の猪料理で残った口内の脂味をさっぱりと落とすためか。

町村はおけいに箸を貫って阿蘭陀菜を食し、

「味がござらぬな」

と呟いた。

「町村様、塩を掛けるか、ソースと称するだし汁を掛けて試されてはいかが」

と玲奈に言われて、だし汁を掛けた町村が、

「おお、これなれば食べられる」

とかぶらを箸で摘《つ》まんだ。

三品目の主菜は、雉のボートルと赤葡萄酒煮込みだった。

一品目の野猪の香草焼とは違った野趣豊かな味だった。

一同は麵麭《パン》と一緒に最後のソースまで食べ尽くしたが、町村はついに手を付けることはなかった。

稲佐山荘から一同が引き上げる時刻がきた。

藤之助が山荘前に出てみるとすでに馬たちは稲佐浜に運ばれて長崎へ連れ戻されて

いた。

夕暮れの山道を下るために土地の人間が提灯《ちょうちん》を持って待機していた。

「座光寺様、黄大人《こうたいじん》からの伝言にございます」

と藤之助の耳に囁《ささや》いたのは阿蘭陀通詞の加福海山だ。唐人の家系の出の阿蘭陀通詞は今も唐人屋敷とつながりを保ち続けているようだ。

藤之助は酒の匂いがする加福に顔を向けた。

「お暇の節に唐人屋敷をお訪ね下さいとのことでした」

「承知しました」

藤之助が短く答えた。

「今一つ、老陳《ろうちん》の鳥船が近々長崎に入ります。黄大人と会うためという噂が唐人屋敷に流れております」

と言うと加福は巨体を揺らして先に山道を下り始めた。するともう一人の通詞肝付八兵衛も続いた。

おけいの手当てを再び受けていたドンケル・クルチウスが姿を見せた。玲奈が腕を取っていた。

「痛みが生じたか」

「患部が腫《は》れているけど大丈夫そうよ、それに出島に戻れば医師が待っているもの」

クルチウスがもう一度藤之助を抱擁して阿蘭陀人一行が山を下り始め、玲奈と藤之助はおけいに別れの挨拶をするために残った。

「玲奈様、近々お二人で山荘に泊まりにきて下さいませ」

おけいは母親のえつ婆から藤之助と玲奈の黙契を聞いたか、そう言った。

「藤之助が長崎を去る前になんとかしてここを訪れるわ」

玲奈の返答を否定も肯定もせずに藤之助は聞いていた。

一夜、海軍伝習所を抜け出る余裕があるかどうか、そのことを漠然と考えていた。

玲奈が藤之助の腕を取り、

「おけい、そのときまで」

と挨拶するとすでに暗くなった山道を下り始めた。すでに阿蘭陀人一行は数丁先を歩いていた、揺れる提灯の明かりが見えた。

「あら、私たちに提灯持ちはいないの」

なぜか提灯持ちは一人も残っていなかった。

「慣れた道じゃ、呼び戻すこともあるまい」

藤之助の言葉に、玲奈が藤之助の唇を自分のもので封じることで答えた。

二人は唇の中で舌を絡み合わせながら、山道を下っていった。

「稲佐山荘と名付けたはそなたか」

甘美な唇の誘惑を断った藤之助が聞いた。

「おけいに名前がないのは不自由だと相談されたから、考えたの。少しあっさりし過ぎたかな」

「いや、稲佐山の主《あるじ》のようでよい名じゃ」

藤之助の五感がなにかを感じた。

玲奈の体の筋肉が反応し、

「だれか待ち人のようね」

と藤之助の身から体を離し、しゃがんだ。太股に装着した小型のリボルバーを抜くためだ。

藤之助は先行するクルチウスの一行を見た。もはや稲佐浜への下り坂を七割ほど下りきって集落がそこに見えていた。

ということは無事だということだ。

提灯持ちがいない二人は薄雲がかかった月明かりが頼りだ。

蒼《あお》く淡い光がわずかに山道を照らし出していた。

「玲奈、それがしの背から離れて付いてこよ」

藤之助は玲奈に命じた。

玲奈の手が藤之助の肩に触り、承知すると伝え、間を置いた。

藤之助は左手を藤源次助真の鞘元《さやもと》に添え、右手はだらりと垂らしたまま進んだ。

山道が二股《ふたまた》に分かれるところに出た。

鍔広《つばびろ》の帽子を被った黒い影が立っていた。

長衣を着た異人だ。

「なにか用か」

答えない。

玲奈が阿蘭陀語で問いかけた。だが、無言の態度に変わりない。続いて、英吉利語、唐人語と次々に話しかけたが沈黙を保った。

長衣の裾《すそ》が翻《ひるがえ》り、剣が抜き放たれた。

半身《はんみ》の構えのままにすうっと間合いを詰めてきた。

長い剣先がしなって藤之助に迫った。

藤之助は相手にぎりぎりまで間合いを詰めさせると、助真を抜き打ちにしてしなる剣を軽く弾いた。

変幻する切っ先の勢いを止めるには弾く際の力加減が大事だとこれまでの異人との勝負で承知していた。

さあっ

と身を引いた相手の剣が躍った。

助真も玄妙《げんみょう》に反転して突きに転じた剣を弾いた。

連続した迅速《じんそく》な攻撃が藤之助を襲った。だが、藤之助の助真は相手の攻撃を一つひとつ力を変えながら弾き返していた。

一連の攻撃を終えた相手がすうっと下がった。

剣が鞘に納められ、短い筒が藤之助の足元に投げられると、長衣を翻した相手は稲佐山の闇に没して消えた。

「こちらの手の内を確かめにきたようだ」

と玲奈に言うと藤之助は助真を鞘に戻し、足元に投げられた筒を拾った。

四

稲佐浜へ藤之助と玲奈が着いたとき、阿蘭陀商館からの迎えの船にドンケル・クルチウスら一行が乗り込み、二人に向かって手を振って別れの言葉を投げてきた。

藤之助には理解つかなかったが狩りを堪能し、稲佐山荘のもてなしに満足した言葉だと察しがついた。

寛永十八年（一六四一）以来、二百有余年、四千坪に満たない出島に幽閉されて交易を続けてきた阿蘭陀人らは、長崎の地で徐々にだが自由を獲得していた。

狩りもその証《あかし》だった。

そんな喜びが商館長一行の顔にあった。

藤之助らも手を振り返して別れを惜しんだ。

櫂《かい》を揃《そろ》えた阿蘭陀商館の船が稲佐浜を離れ、会所《かいしょ》の伝馬船《てんません》が続いた。その船には阿蘭陀通詞方と町村欣吾が乗っていた。

「お先に失礼致す」

と町村が丁寧《ていねい》にも藤之助に別れの挨拶を送ってきた。

「気を付けて戻られよ」

藤之助は町村に礼を返した。

玲奈と藤之助の目の前で、灯火を点《とも》した二隻の船が長崎湾の闇に紛れ込んでいった。

「藤之助、あの者、正体が知れないわ」

「致し方あるまい。大目付が長崎で殺されたのだからな」

玲奈が藤之助を見た。

「幕府は大久保純友どのの死の真相を追及するつもりか」

玲奈が顔を横に振った。

「国体が揺らいでいるときにそんな余裕はないと思うけど」

「ではなぜあの人物は長崎に参った」

「大目付殺害事件を探るには小者過ぎると思うの」

「幕府に人材がおらぬのではないか」

「いかにそうだとしても主の死の真相をその配下が探りだせるほど、長崎事情は簡単ではないわ」

玲奈が言い切った。

「町村どのに託された御用がなんであれ、大久保純友どのの棺《ひつぎ》の蓋《ふた》は閉じられた」

大久保純友の亡骸《なきがら》は塩漬けにされて江戸へと海路送られていた。

「そう、長崎では終わった事件、だけど江戸では」

と玲奈がぽつんと応じたとき、

「玲奈嬢様、茶を飲んでいかれますか」

とえつ婆の声が二人の背から聞こえた。

「おけいのところで十分に御馳走になったわ。迎えも来たことだし今晩は戻るわ」

藤之助は、ぱたぱたと帆《ほ》が緩んで風に鳴る音を聞いた。するとランタンを点したレイナ号が稲佐浜に姿を見せて、二人の前でゆっくりと回頭した。

「嬢様、カピタンからの土産ばい」

えつが藤之助らの前に麻袋を差し出すと辺りに臭いが漂った。

「猪肉は臭《くさ》かね」

麻袋に若猪の残り肉が入っているようだ。クルチウスは狩りの獲物の一部を玲奈に残したのだ。

「野兎と雉一羽ずつも入ってるげな」

受け取った麻袋を片手にもう一方の手で玲奈を支えると、藤之助は小帆艇の甲板へと飛んだ。

「えつ、おけいに礼を言っておいて」

玲奈の声を聞きながら藤之助は帆を張る作業を手伝った。

帆が風を孕《はら》んだ。

闇を切り裂くようにレイナ号が快走を始めた。

「嬢様、舵ばとられますな」

と高島家の男衆が聞いてきた。

「いえ、操舵《そうだ》は任せたわ。ランタンを貸して」

と答えながら玲奈が船室に身を潜り込ませた。麻袋を船尾に置いた藤之助が明かりを受け取り、玲奈に続いた。

ランタンが固定され、藤之助は南蛮外衣を着た剣士が投げて寄越《よこ》した筒を懐から出した。飾《かざ》り紐《ひも》で結ばれた洋紙の筒だった。紐を解《ほど》くと、水茎《みずぐき》美しい女文字が明かりに浮かんだ。

「さすがに吉原《よしわら》でお職（稼ぎ頭）を張った花魁《おいらん》かな、字には邪《よこしま》な心がどこにも見えぬわ」

文の主は、安政二年（一八五五）十月の大火の混乱の最中、客の座光寺左京為清《さきょうためすが》と図って主家の稲木楼《いなきろう》の地下金蔵から八百四十余両を盗んで逃げた瀬紫《せむらさき》ことおらんだった。

吉原に身を投じた女たちはその日から徹底的に客を招くための文の稽古を強いられる。文字、文章、客を擽《くすぐ》る言葉と、女たちの想いを一字一字に込めるよう叩《たた》きこまれるのだ。

節季ともなれば、女郎が競って馴染みの客への無心の文に工夫を凝《こ》らす。瀬紫ことおらんも何年も文を書き続けて稲木楼のお職に昇り詰めた花魁だった。手練手管《てれんてくだ》の文はお手のものだ。

「こんな崩し文字、読めないわ」

異国の言葉には堪能な玲奈が投げ出した。

「それがしもこのような文を貰うのは初めてでな」

二人は揺れる船室の中で額を寄せて知恵を絞って解読した。

おらんが寄越した文は、どうやら座光寺藤之助への挑戦状と推測された。そして、文を届ける使いを果たした南蛮人剣士は、先に藤之助に戦いを挑んで敗れたバスク人、ピエール・イバラ・インザーキの義弟アルバロ・デ・トーレスだと告げていた。

「それがしとおらんはこの数年戦いを繰り返した間柄だ。今更《いまさら》改めて挑戦状を突きつけてきた意図が分からぬ」

「藤之助が江戸に戻ることをおらんさんが知ったということよ」

「それにしてもあちらの方から果たし状とはな」

藤之助が首を傾げた。

「日時も場所も記してない挑戦状もおかしなものね」

「なんぞ隠された企てがあるのか」

「いつ何時《なんどき》でも戦いを仕掛けるということかしら」

「丁重なる心遣いかな。これまでおらんにそのような気遣いは毛ほども見たことはないぞ」

レイナ号の船足が緩まった。長崎湾を横切ったということだろう。

「大波止に着ける」

「いや、そなたを送って梅ヶ崎《うめさき》の高島家蔵屋敷に立ち寄る」

「その後、大波止に送り届けろというの」

「いや、それがし、唐人屋敷に立ち寄る」

高島家の蔵屋敷のある梅ヶ崎と十善寺村《じゅうぜんじむら》の唐人屋敷はさほど遠くはない。

藤之助は阿蘭陀通詞方の加福海山から伝えられた唐人屋敷の最長老黄武尊《ぶそん》の言付けを玲奈に話した。

「黄大人が藤之助に用事ですって。おらんさんの挑戦状と関わりがあることかしら」

「あるいは能勢隈之助《のせくまのすけ》からの文が新たに届いたのかも知れぬ。なんにしても今晩じゅうに済ませておきたい」

しばし考えた玲奈が舵を握る男衆に、

「梅ケ崎」

と短く命じ、藤之助に視線を向け直すと、

「リボルバーを持っていく」

と聞いた。

「懸念には及ばぬ」

藤之助が船室から這《は》い出ようとすると玲奈の腕が首に巻き付き、唇を奪った。束《つか》の間《ま》二人は互いを確かめ合った。

藤之助が船室から出るとレイナ号はゆっくりと高島家の水門を潜って船がかりに入ろうとしていた。

「造作をかけた」

「藤之助、大人に土産をお持ちなさい」

と玲奈が麻袋を指した。

「よいのか」

「カピタンはあなたに礼がしたかったのよ」

「ならば頂戴《ちょうだい》していこう」

藤之助は麻袋を摑《つか》んで甲板から高島家の蔵屋敷の水門へと飛んだ。振り向くと玲奈が船尾に姿を見せて小さく手を振っていた。

高島家の蔵屋敷の塀沿いに新地へと戻った。すると唐人荷物蔵前の船着場が赤々と見えてきた。

刻限は五つ半（午後九時）の頃合か。唐人屋敷と唐人荷物蔵の間に石橋があってその傍《かたわ》らに船着場があった。

もはや馴染みの場所だ。

唐人の水夫《かこ》たちが酒を飲み、故郷の料理を貪《むさぼ》り食べていた。

藤之助は一軒の酒館に足を向けた。するとその酒館の前に唐人の少女が立ち、

「座光寺様、お待ちしておりました」

と迎えてくれた。

いつものように酒館内部から地下迷路を抜けて唐人屋敷に潜り込むのかと思ったら、少女は酒館の小部屋に案内していった。すると黄大人が長煙管《ながキセル》を悠然とくゆらしていた。

煙管を口から外した黄大人が、

「猟の獲物ですかな」

と藤之助が下げた麻袋を見た。

「ようご存じだ」

「稲佐山で朝っぱらから鉄砲の音がしておりましたでな」

と黄大人が笑った。

藤之助は阿蘭陀通詞方の加福海山から当然稲佐山の狩り情報は伝わっていたかと思い当たった。

「カピタンがわれらに分け前を残してくれました。猪肉に雉と兎が一羽ずつです。高島玲奈どのが黄大人の土産にせよと持たせてくれました」

麻袋を床に置いた。

「それはなによりの品、調理させましょうか」

「稲佐山で堪能して参りました」

「出島くずねりが二人同道しておりましたな。一日に阿蘭陀の食い物と唐人料理ではいかに座光寺様とは申せ、胃の腑《ふ》が重かろう。茶にしますか、酒にしますか」

「酒も十分です」

「ならば胃の腑の脂を洗い流す茶を淹《い》れさせます」

黄大人は案内の少女に何事か命じると、藤之助に一礼した少女が麻袋を提げて小部屋から姿を消した。

「大人、老陳の鳥船がまた長崎に舞い戻りましたそうな」

「何事かございましたか」

稲佐山の山道で受けた待ち伏せの一件を大人に告げた。

「ほう、先に始末なされた南蛮人剣客の義弟が次なる座光寺様への刺客にございますか」

黄大人は長崎を離れた横瀬浦《よこせうら》での藤之助とピエール・イバラ・インザーキとの戦いを承知していた。黒蛇頭《くろじゃとう》の老陳の鳥船を牽制《けんせい》したのは、長崎の唐人屋敷の船だったからだ。

「大人、おらんがわざわざそれがしに宛《あ》てて果たし状など送り付けてきた意味が分からぬゆえ、なんぞ新たなる事情が生じたかと思い、かようにお訪ね致しました」

「私の言付けもそんなところにございます」

と答えた大人が、

「おらんが急にばたばたし始めた理由の第一は、座光寺様の江戸帰府が迫ったことにございましょうな」

黄大人は玲奈と同じ考えを述べた。

「いささかでも老陳の密輸商いを邪魔したというのであれば、それがしが長崎から消えることは老陳一味にとって歓迎すべき事態にございましょう」

「もはや長崎の命運は尽きました」

と大人が言い切った。

「開港が決まったと申されますか」

「おろしゃ、仏蘭西、英吉利、亜米利加、阿蘭陀の列強五ヵ国が日本の開国に向けて密やかに手を結びました。となれば、長崎は鎖国令で守られてきた特権を失うことになる」

藤之助はしばし沈思した。

「いつのことです」

「幕府の抵抗がどこまで続くかにかかっております」

黄大人の口調と顔には命運が定まった長崎の唐人屋敷をどうするか、重い課題が伸《の》し掛かって見えた。

「こんな折、座光寺様が江戸に戻られる」

と大人が話題を戻した。

「老陳一派も長崎だけを相手に商う時代は終わりを告げました。これから黒蛇頭は西国雄藩を客にしつつ、江戸の動きを見て鳥船を動かす筈《はず》です。その折、江戸に宿敵の座光寺様が戻られるのはいささか邪魔と考えたか」

「それがし一人の力など、老陳一味は歯牙《しが》にもかけまいに」

「それがそうではございませんでな、座光寺様と玲奈様に苦汁を飲まされ、どれほど商いで損をしたか」

黄大人が笑った。

そこへ先ほどの少女が茶器を運んできて、二人の目の前で茶を淹れ始めた。藤之助は訓練された少女の手先を見ながらそれまでの大人の言葉を吟味した。

列強は徳川幕府倒壊を前提に動いていた。

新しい政府がどのような人材による体制なのか、黄大人も必死で探っていた。

茶が淹れられ、二人の前に供された。

「有り難く頂戴致す」

藤之助は少女に礼を述べて唐茶碗に手を差し伸べた。

少女が小部屋から消えて再び二人だけになった。

「老陳め、われら、長崎の唐人屋敷が権益を失うことを見越して、密やかな提携を申し込んできております」

「老陳が大人と手を結びたいというのですか」

「われらは伊達《だて》に長崎に腰を据えてきたわけではございません。長崎会所を通じて幕府内に気脈を通じております。また西国の雄藩とはどこことも密接な間柄です。一方、老陳は、これからこの国が奪い合うように買い求めるであろう武器弾薬の仕入れ口を握っております」

藤之助は唐人の二つの組織が合体したときのことを想像した。

上海租界で金融、交易などを行う英吉利、亜米利加、仏蘭西の三国とは別の新興勢力が誕生することを意味するのだと、藤之助は気付かされた。

「わが国にとって空恐ろしい事態ですね」

正直な藤之助の感想に黄大人が頷いた。

「忌憚《きたん》なく伺《うかが》います。大人は老陳一味と手を組まれるお考えですか」

「没落する長崎と相対死《あいたいじに》する気は唐人にはございません」

何千人もの組織と資金を動かす長老として当然の判断だった。

「とは申せ、黒蛇頭などという密輸組織と手を組む気もございませんな」

「長崎唐人屋敷独自の道を探られますか」

頷いた黄大人が、

「それを迷うております」

「大人、長崎が早晩特権を失うことについてはそれがしも異論は唱えません。ですが、黄大人方が長崎の唐人屋敷を根拠地に培《つちか》ってこられた人脈と商いの経験がございますように、長崎にはこの国でただ一つの開港地として積み重ねてきた伝統と経験がございましょう。幕府とは異なる独自の道を長崎が選ぶことは、考えられませぬか」

「長崎は江戸幕府と心中はせぬと申されますか」

「それがしより黄大人のほうが長崎会所の考え方をよう存じておられよう」

ふうっ
と息を吐いた大人が茶碗を手にした。

「高島了悦《りょうえつ》どの町年寄《まちどしより》の腹次第か」

と呟いた黄武尊が、

「座光寺様は江戸に戻られてどうなさるおつもりか」

と話柄《わへい》を転じた。

藤之助は即答できなかった。

「泥船には乗るなという格言もございますな」

「それがし、幕臣の一人でござれば泥船と分かっても乗らねばならない宿命《さだめ》を負っており申す」

「座光寺様や玲奈様のような若いお方は、沈みゆく幕藩体制と行動をともにする義理はございませんぞ」

「大人、それがし、座光寺家の主として家臣団を守る務めもございます。此度《こたび》、江戸に戻った暁《あかつき》にはなんとしても領地に戻り、家臣らに激変する時代について話して、一族としてどう行動すべきか話し合うつもりです」

「一族のつながりは幕府との関わりより深うございますか」

と黄大人も藤之助の視線を正面から受け止めて答えた。

「ささやかな領地に何百年と暮らしをともにしてきた主従です。私が道筋をつけることと、それも当主としての務めにございましょう」

藤之助の脳裏に倒壊する幕府の混乱の中で、座光寺家に託された、

「首斬安堵《くびきりあんど》」

をどう実行するか、そして、今一つの黙約がいずこから来るか、来ないか、見定めようとする想念が渦巻いていた。

「互いに道を間違うてはなりませぬな」

「いかにも」

黄大人と藤之助は頷き合った。そして、藤之助は願った。

「大人、老陳とおらんに連絡《つなぎ》がとれるなれば、伝えてくれませんか」

「伝言をお聞きしましょう」

と静かな言葉が小部屋に響いた。

第二章　クレイモア剣

一

翌朝、藤之助《とうのすけ》が伝習所剣道場に入ると、黄武尊《こうぶそん》を通じて老陳《ろうちん》、おらんへ伝えた藤之助の伝言の答えが待っていた。

一番目の刺客だ。

唐人の武術家は、礼儀を心得た刺客だった。履《くつ》を脱いだ長衣の男は剣道場の神棚に向かって座し、瞑目《めいもく》していた。

「そなたが先陣を勤めるお方か」

藤之助の言葉が通じたかどうか、ただ悠然と座していた。

「しばし待たれよ」

薄闇の剣道場の行灯《あんどん》に藤之助は明かりを点《つ》けて回った。

道場がおぼろに浮かび上がり、床に座す唐人の風貌をも浮かび上がらせた。座っていても小山のように大きな体で美髯《びぜん》を蓄えていた。

「お待たせ申した」

唐人は、両眼をかあっと見開いて立ち上がった。

身の丈七尺余、両手に木製の青龍刀を携《たずさ》えていた。柄頭《つかがしら》から青と赤の飾《かざ》り紐《ひも》が垂れていた。

真剣ではなく木製の青龍刀を持参したことに、一番目の刺客の自信の程《ほど》が窺《うかが》えた。木製とはいえ強打を受ければ骨は粉々に砕け、命は奪われないまでも剣術家として生きる道は絶たれるであろう。

それは相手の立派な体格と落ち着きが示していた。

藤之助は愛用の木刀を手に名前さえ知らぬ相手に対峙《たいじ》して一礼した。

相手もまた一礼し、数歩下がると巨軀《きよく》を半身《はんみ》に構えて両手の木製青龍刀を左手は上段に、もう一本は中段に構えた。

それに対して藤之助は信濃一傳流《しなのいちでんりゆう》の、

「流れを吞《の》め、山を圧せよ」

の大きな構えをとった。すると六尺三寸余の藤之助の体が一回りもふた回りも大きく変じた。それは相手にも通じたと見えて、美髯を蓄えた顔に、

「おおっ」

というような表情が漂った。だが、それは動揺などではなかった。武人として強敵に出会った喜びが全身に広がりゆくのが藤之助にも伝わった。

二人は改めて黙礼した。

寂然不動の対峙の時がしばらく続いた。

静かな呼吸を保っていた相手が不意に動いた。両手の木製の青龍刀が、

くるくる

と回り始めた。すると柄頭の青と赤の飾り紐も同時に弧を描いて、藤之助の視界を幻惑した。

その時、両者の間合いは一間半だった。

互いが踏み込めば睨《にら》み合いから戦いへと移行する。

藤之助は道場にあって師の片桐朝和神無斎《かたぎりあさたかじんむさい》の教え、

「構えは天竜《てんりゅう》の流れの如《ごと》く悠々たれ、赤石岳《あかいしだけ》の高嶺の如く泰然として大きく聳《そび》えよ」

を実践して不動の構えを崩さなかった。

信州諏訪湖《すわこ》にその水源を発する天竜川は、普段静かなる流れであった。だが、一旦《いったん》野分けや大雨に襲われると相貌《そうぼう》を恐ろしい激流へ一変させた。

藤之助は激流が巨壁や巨岩にあたって砕け散る光景から想を得て、

「天竜暴れ水」

を工夫した。

激流は圧倒的な力で岩場にあたると四方八方に水飛沫《みずしぶき》になって瞬時に飛んだ。

藤之助は信濃一傳流の二の太刀としてこの飛沫をわが動きに変えたのだ。

けえええっ！

怪鳥《けちょう》のような気合とともに一番手の刺客が不動の藤之助に向かって飛来した。高々と虚空に身を飛ばすと両手の中で、

くるくる

と回転する木製青龍刀と飾り紐の幻惑が藤之助に襲いかかってきた。

藤之助も即座に反応していた。

木刀を虚空の一点に翳《かざ》したまま、

ふわり

と斜め後方に飛び下がり、間合いを開けた。

相手は藤之助のいた場所に着地して両手の青龍刀が虚空を打ち砕くように振るわれた。だが、一撃目が空打に終わったと悟った相手は直《す》ぐに元の構えへと戻した。

藤之助はその動きを見つつ、相手の右横へと飛んでいた。

相手が片足を支点に四分の一回転して藤之助に向き合った。

その瞬間、藤之助がさらに相手の右へと飛び、さらに四分の一回転すると背後に回り込んだ。

巨軀の刺客も敢然と藤之助の動きに合わせてきた。

だが、両者の動きには違いがあった。

藤之助の飛躍は体の重さを感じさせない跳躍だった。一方、相手の刺客の回転は巨《おお》きな破壊力を感じさせて重厚に見えた。

両者は先手を取る駆け引きを繰り返した。

藤之助は相手の息が弾むのを感じ取った。

その瞬間、直線的に踏み込んでいた。

相手もまた激しい勢いで回転させる木製の青龍刀の二本を、踏み込んできた藤之助の額《ひたい》に向かって撃ち付けていた。

だが、両手の青龍刀は今までいた藤之助の姿が掻《か》き消えたために空しくも虚空を切り裂いていた。

おおっ

と驚きの表情を見せた相手の頭上から、ふわりと、

「天竜暴れ水」

の静かなる水飛沫が襲いかかってきた。

刺客は巨軀を飛ばして避けようとした。だが、藤之助が跳躍しながら振り下ろした木刀が唐人剣客の肩を、

びしり

と叩《たた》き、全身に痺《しび》れを走らせた。

うっ

と呻《うめ》き声を上げた唐人が両膝《りようひざ》を突いた。

藤之助は唐人が膝を突いた傍《かたわ》らに飛び下りると、木刀を引きつつ、対峙した場所へと戻った。

唐人が顔を上げた。

藤之助は飛躍から下降に移る力を打撃に変えたが、全力で振りぬいたわけではなかった。致命的とならぬほどに打撃を緩めていた。それでも唐人の肩に激痛が走り、五

体が痺れる打撃を与えていた。

「勝負ござった。お退《ひ》き下され」

その言葉が分かったように相手がよろよろと立ち上がり、藤之助に一礼すると道場の玄関へと下がっていった。

藤之助が対戦した唐人剣客の中でも五指、いや三指に入る強敵だった。

ふうっ
と息を一つ吐《は》いた藤之助に声がかかった。

「あやつ、何者か」

振り向くまでもなく酒井栄五郎《さかいえいごろう》の声だった。

「江戸吉原《よしわら》以来の因縁、瀬紫《せむらさき》ことおらんが雇った刺客じゃ」

「妓楼《ぎろう》の隠し金を八百何十両も盗んで逃げた悪女じゃな」

「ただ今は黒蛇頭《くろじやとう》老陳のもとに身を寄せておる」

「突然刺客など送り込んできてなにを考えておる」

「それがしを江戸に戻したくないそうな」

「なにっ、その女、そなたに長崎におれと望んでおるのか」

「そうではない。この長崎にいる間に座光寺《ざこうじ》藤之助を始末する気なのだ」

「そなた、受ける気か」

傍らに栄五郎や一柳《ひとつやなぎ》聖次郎《せいじろう》ら伝習生らが集まってきた。

「それがしが願ったことだ、受けるも受けんもない」

「なにっ、さような馬鹿げたことを願ったとな」

栄五郎らは、藤之助とおらんの因縁とその後の関わりを漠然と承知していただけだ。おらんが黒蛇頭の首魁《しゆかい》老陳の女として、海外にまで暗躍するという全貌を知らなかった。

「そろそろ決着を付けるときがきておる」

と藤之助は応じながら、名も知らぬ刺客が去った出口を見た。

「分からん」

と栄五郎が吐き捨てた。

「なにが分からぬ、栄五郎」

「幕府はこの期《ご》におよんでなぜそなたを江戸に呼び戻す」

栄五郎だけではなく伝習生全員が抱く疑問だった。

「そなたとわれらは同じ江戸丸《えどまる》で長崎に参った仲だ。なぜ一人だけ観光丸《かんこうまる》に同乗して江戸に先に帰らねばならぬ」

栄五郎の疑いには際限がなかった。

「栄五郎、無理な問いをなすでない」

「なぜだ、聖次郎」

藤之助に代わって応じた聖次郎にも栄五郎が食ってかかった。

「酒井栄五郎、われらは幕臣の一員ということを忘れるでない」

と藤之助を囲む輪の外から声がした。

「勝《かつ》先生」

と聖次郎が応じて輪が解《ほど》けた。

海軍伝習所第一期生にして重立取扱《じゅうたつとりあつかい》という身分を持つ勝麟太郎《りんたろう》と藤之助は顔を見合わせ、会釈し合った。

勝麟太郎と藤之助らには十歳ほどの開きがあった。

「われら、第一期生ですら観光丸に乗り組む者と長崎に残る者とに別れる運命《さだめ》だ。幕府の方針にいかに座光寺藤之助どのとて逆らえまい」

麟太郎が笑った。

「勝先生は長崎に残られますか」

「残る」

藤之助の問いに麟太郎が明快に答えた。

「観光丸を矢田堀《やたぼり》どのらが操船していかれるが、われらはこの地に残り、学び続けねばならぬ」

去年、勝の肩書きには講武所砲術師範役が増えていた。

「われら未《いま》だ、全速航行中の砲艦から大砲を撃ち出す自信はない。栄五郎どの、われらは未だひよこ同然、知らねばならぬことばかりだ」

静かな麟太郎の説得の言葉に栄五郎も頷《うなず》くしかない。

「よい折だ。話しておこう」

と勝麟太郎は周りが伝習生ばかりと確認して言い出した。

「観光丸が長崎から江戸に回航された後、われら、残された伝習生だけでの帆船航海を阿蘭陀《オランダ》人教官に願っておる」

おおっ！

というどよめきが起きた。

「皆も承知のように帆船航海は蒸気機関のようには操船が簡単ではない。だが、すべて海軍の伝統と技術は帆船操練によって培《つちか》われるものだ。帆船の操船を習得できるなれば、わが海軍伝習所の技術も認められたということだ」

「阿蘭陀人教官はどう申されております」

一柳聖次郎が聞いた。

「なかなか縦には首を振られぬ。西洋式帆船での江戸回航をしたくば千石船《せんごくぶね》に乗り込んで船頭から季節風やら潮流をとくと学べと申された。いくら帆船を操船できても航海する海域を知らねば、帆船操縦はうまくいくものではないからな」

「われらの技術は千石船の船頭以下ですか」

「いかにもさようだ、栄五郎どの」

いきり立っていた栄五郎も勝の話に平静に戻っていた。

「稽古《けいこ》を始めましょうか」

藤之助の言葉に伝習生らがいつもの日課に戻った。

「座光寺先生、ただ今阿蘭陀国のキンデルダイク造船所でヤパン号なる新造蒸気船が建造されておる。建造にだいぶ手間取ったようだが、この三月には完成をみるそうな。このヤパン号に乗船して第二次東洋艦隊が長崎に到着なされる」

このヤパン号、幕府が阿蘭陀に発注した新造船だ。

木造三檣《しょう》暗車蒸気船で長さは百六十三フィート、幅二十四フィート。百馬力で砲十二門を装備していた。

三年後の話だ。

咸臨丸《かんりんまる》と船名を変えたその船は、遣米使節新見豊前守《しんみぶぜんのかみ》一行を乗せた米艦に随伴《ずいはん》し、太平洋を横断していた。

その折は軍艦操練所頭取勝海舟《かいしゅう》（麟太郎）、軍艦奉行木村摂津守《きむらせっつのかみ》ら日本人だけでの航海であった。

「観光丸の代わりですか」

「さらに新鋭の蒸気砲艦である」

麟太郎の言葉は誇らしげであった。

「船ばかりではないぞ。ただ今の教官方ライケン中佐らは帰国の途《と》に就かれ、カッテンディーケ教官らが新たに赴任なされる。われら、人事に一喜一憂しておるときではない。時間が限られておるのだ、そのことは座光寺藤之助どのがだれよりも承知であろう」

麟太郎は藤之助が上海《シャンハイ》に密かに渡ったことを承知する数少ない人物の一人だ。その麟太郎が言外に、

「清国《しん》の二の舞を演じてはならぬ」

と言っていた。

「いかにもさように心得ます」

「座光寺先生には、無益な節介でしたな」

「いえ、勝先生のご忠告、座光寺藤之助肝《きも》に銘《めい》じます」

「天下万民のために御用を致す。どちらにいようといかなる身分であろうと、瑣末《さまつ》なことにござる」

天下万民という言葉が藤之助の耳に新鮮に響いた。

「天下万民とはどなたのことにござろうか、勝先生」

「そなたであり、この勝麟太郎にござる」

と答えた麟太郎が、

「その前にわれらは大仕事をなさねばなるまい。座光寺どのは、幕府の中でも稀有《けう》の人物と勝麟太郎心得る。好漢自重《じちよう》して天下万民のために尽くされよ」

藤之助には勝麟太郎が言わんとした考えが半分も伝わったかどうか、だが、勝麟太郎もまた新しい時代の到来を見据《みす》えて動いていることを、藤之助は理解した。

「勝先生、本日のお諭《さと》し、藤之助終生忘れませぬ」

頷いた麟太郎が、

「図に乗ったついでに座光寺先生、一手ご指南を願う」

と稽古を望んだ。

「こちらこそご指導願います」

この日の昼下がり、藤之助の姿は、馴染《なじ》みになった長崎のカステイラの老舗《しにせ》の店頭にあって、

「不老仙菓長崎根本製　福砂屋《ふくさや》」

の看板を見上げていた。

「おや、座光寺様、お久しぶりにございますな」

番頭の早右衛門《そうえもん》が声をかけてきた。

「二月蟄居《ふたつきちっきょ》を受けた身ゆえ、しばらく自ら伝習所剣道場にお籠《こも》りをしてござってな」

「お籠りは解けたとやろか」

「昨日、稲佐山《いなさやま》に狩りに誘われた機会をもって自ら解き申した」

「海を伝うてくさ、鉄砲の音が響いてましたな、座光寺様もカピタン方に同行しておられましたと」

「玲奈《れいな》どののお誘いを受けたのでな」

「気晴らしによかったやろね」

と早右衛門が受け、

「本日も気晴らしにございますと」

「カステイラを食したくなったこともあるが、本日は願いの筋がござって参上した」

「また改まってなんやろか」

番頭が小僧に命じて上がり框《かまち》に座布団を出させ、茶とカステイラを供してくれた。

「それがし、長崎を発《た》つことになった」

「えっ、いつのことですな」

と早右衛門が驚きの声を発した。

「三月四日に出港する観光丸にて出立《しゅったつ》するのだ」

「なんと、総監の永井《ながい》様は江戸にお戻りと聞いておりましたが座光寺様もでしたか。で、御用を終えられたら直ぐに長崎に帰着なさるとやろな」

「それが分からぬ」

「そんなことがありまっしょうかな。長崎から火が消えたごとなりますばい。なにより高島《たかしま》の玲奈嬢様がお寂しゅうございまっしょ」

「宮仕えの身、命《めい》には逆らえぬ」

「いや、待って下さいよ。座光寺様に出世の瑞兆《ずいちょう》かもしれまっせんたい」

「そのようなことは万々あるまい」

と応じた藤之助は、江戸への土産にカステイラを注文したいと番頭に願った。

「それ、承知致しましたばってん、座光寺様がこん長崎から姿を消されるのはなんやら理不尽ばい、長崎会所《かいしょ》の力でなんとかならんとやろか」

と腕組みして思案した。

二

福砂屋の店先で茶とカステイラを馳走になった藤之助は、ぶらりぶらりと出島《でじま》のほうへ引き返した。

ぶうーんぶうーん
と空からハタの唸《うな》りが響いてきた。見上げると二重《ふたえ》縞《じま》のハタが一つ悠然と右に左に飛翔しつつ高度を上げていた。

普通、長崎では三月の終わり頃からハタが舞い始める。二重縞はだいぶ気が早いと見えて稽古を始めたか。

「もはやハタの季節か」

と思わず藤之助は言葉を洩《も》らして、

「なんと一人前の長崎者のような感慨」

と自ら苦笑いした。

ハタの季節は四月だ。その年その年の場所と日時がたとえば、

「三日風頭山《かざがしらやま》、九日金比羅山《こんぴらさん》、十五日風頭山、二十一日合戦場」

というふうに発表された。

わずか一年余の長崎逗留《とうりゅう》にどっぷりと浸《つ》かった自分が藤之助には可笑《おか》しかった。

藤之助の足はなんとはなしに出島正面に向かっていた。

阿蘭陀行きの遊女らが抱え主に連れられて出島正面に架かる木橋を渡ろうとしていた。もはやこのような光景が見られるのも長くはあるまい。

「座光寺様」

と江戸町と出島の間の水路から声が上がってきた。

石段下に帆柱を倒した小型の新造帆船が停泊して江戸町惣町乙名《そうまちおとな》の椚田太郎次《くぬぎだたろうじ》が出船の仕度《したく》を見ていた。新造船は湾内ばかりか、外海にも乗り出せそうな大きさと造りだった。

「御用にございますな」

「いや、福砂屋からの戻りでな、格別御用のない身だ」

と答えた藤之助は苦笑いした。

「新造船の試走ばしよっとです、座光寺様もどうですな」

「同乗させてもらってよいか」

「まあ、わっしらも浜節ではございまっせんがたい、船でえ、船でちょっと出て立石眺《なが》め、向こうは三味線島恋し、と粋《いき》ではございまっせんが進水したばっかりの新造船の試しにございますもん。用事がなかなれば乗りなっせ。大きな声では言えんばってん、酒と食いもんは乗せちょります」

「乗せてもらおう」

藤之助は石段を下ると、和船にして二百石ほどの新造帆船に乗り込んだ。

長崎で造られたと思える新造帆船は、和船と阿蘭陀船を搗《つ》き交ぜたような造りで甲板《かんぱん》が張られて水密性を持つ造船術が施されていた。また舵《かじ》は外艫《そとども》に吊《つ》り下げられる和船型と異なり、船尾に固定される西洋型帆船だった。

船足を上げるためか船体も細く、帆も主帆、補助帆と張られる仕組みになっていた。

「なかなか工夫を凝《こ》らした船ですね」

「会所もくさ、遅ればせながら阿蘭陀船を真似《まね》て、造ってみました」

藤之助は会所の若い衆の邪魔にならぬように太郎次のいる舳先《へさき》に座した。

瞬《また》く間《た》に出船の仕度がなって、帆柱を倒したまま、三挺櫓《さんちょうろ》で出島水路から東に向かい、湾に出た。そこで再び停船した船に主帆柱と中帆柱の二本の帆柱が組み立てられ、舳先付近に補助帆が張られた。

新造帆船は春の風を孕《はら》んでゆっくりと進み始めた。

「大波止《おおはと》にも造船場が出来たようですね」

藤之助と太郎次は船頭らに艫を渡して、胡坐《あぐら》を搔いた。太郎次の前に若い衆が煙草《たばこ》盆《ぼん》を運んできた。

「でけましたな。遅まきながら会所も南蛮の帆船ば必死に真似ましたがなんとか動きましたぞ」

腰の煙草入れから南蛮煙管《キセル》を取り出した太郎次が刻みを詰めて煙草盆の火を点《つ》けた。

新造船の舳先に紫煙が流れ、煙草の香りが舳先から艫へと流れていった。

藤之助が船上を見回すと主船頭以下、六、七人が乗り組んでいる。なかなか機敏で動作に無駄がないのは、厳しい操船訓練を繰り返してきたからだと推測が付けられた。

全長は三十六、七尺か。和船に比べて重心が低く、船腹も細い分、風に乗ると速度がついた。だが、大型だけに小帆艇《しょうはんてい》のレイナ号の船足と機動性には達していなかった。

それでも和船に比べれば、

「風の拾い」

がなかなかのものだ。

「試作一番船にしては上出来たいね」

太郎次も満足げだ。

「船名は未だございませんか」

「長崎奉行所の手前、おおっぴらに披露も出来まっせんもん。格別に遠慮もしとうはなかが、新造一番船と呼ばれて名なしでございますたい。座光寺様、なんぞいい名はございまっせんな」

長崎会所が新しい時代に対応するために独自に建造した帆船だ。幕府に遠慮して船名がないとは、寂しかった。

「直参《じきさん》旗本のそれがしが申すのもなんですが、ただ今の幕府には長崎会所が建造した帆船に気を回す余裕はございますまい」

「いかにもさようでした。ばってん、年寄連中には時代の変化が読み切れんでくさ、新造帆船などもっての外と申される方がおられましてな。新造はしたばってん、船に名もなかとです」

　太郎次が苦笑いした。

「ヨイヤというのはどうです」

「ヨイヤちな」

　ヨイヤは、万歳、あるいは勝ったぞの意だ。ハタ揚げのとき、一枚切るごとに、

「ヨイヤァ、また切ったばい」

　と歓声が上がる。

「景気がよか名です、もらいました」

　名なしからヨイヤ号と命名された新造帆船は、戸町《とまち》と西泊《にしどまり》両御番所のほぼ中間を抜けて、湾外へと向かっていた。

「船の案内ばしまっしょかな」

　と南蛮煙管の火口の灰を煙草盆に落とした太郎次が立ち上がった。艫だけに高櫓《たかやぐら》があって右舷《うげん》側甲板から船室に下りる小さな扉が嵌《は》め込まれていた。

　太郎次が扉を開けると、

「しばらく待ってつかあさい」

と藤之助に願った。

待つ間に藤之助は藤源次助真《とうげんじすけざね》を腰から抜いて手に持った。

船室にぼおっとした明かりが点《とも》り、

「ランタンに火が入りました」

と太郎次が藤之助を招じた。ランタンを掲げながら太郎次は、一人が昇り降りできる幅の階段を下りていき、藤之助もあとに従った。
十二、三段下りたか、幅一間半、長さ三間のがらんとした空間が姿を見せた。胴の間には立てた主帆柱と中帆柱を受ける筒が並んでいた。さらに右舷左舷《さげん》には小さな窓が各四つずつ切り込まれていた。
「砲門にしてはちと小そうございますな」

「大砲を積み込むには船が狭うございますもん。まあ、せいぜい鉄砲ば撃つ際に遣《つか》うくらいやろな」

太郎次は銃撃戦に際して銃口を突き出し迎撃するための窓と言っていた。

「こん下の船倉にはくさ、非常用の水、米、味噌など当座の食料を積んでくさ、同時に船体の重心を下げちょります」

「外洋にも出られる船と見ましたが武器は搭載しておられますか」

藤之助の問いに素直に頷いた太郎次が胴の間の床板を横に滑《すべ》らせると、隠し武器庫が現れた。そこにはゲーベル銃や散弾銃など十数挺が固定されて並んでいた。そして、もう一挺懐かしい銃器に藤之助は目を留めた。

時計師の御幡《おはたぎ》儀右衛門《えもん》が独自の工夫を凝らして手製した連発式三挺鉄砲の、改良型とみえた。

藤之助は隠し武器庫に下りて、三脚台に固定された三連の銃身と輪胴《シリンダー》を仔細《しさい》に観察した。

「儀右衛門どの、さらに工夫を重ねたと見ゆるな」

「そうそう座光寺様は、こん三挺鉄砲ばご存じでしたな」

「難波《なにわ》の商人畔魂堂《はんこんどう》の五百石船を三挺鉄砲で長崎湾の底に沈めたことがあったな。あの折は、直ぐに銃弾詰まりして使いものにならなくなりました」

「三挺鉄砲の試作銃は海の底に眠っちょりましたな」

と応じた太郎次が、

「儀右衛門さんはくさ、玲奈嬢様からどげん風に銃弾が詰まったか仔細に聞き取られて改良に改良を重ねたとがくさ、こん新式三挺鉄砲ですたい」

と胸を張った。

「ばってん、誰《だい》もくさ、どげんして撃つとか知らんもの。座光寺様、沖に出たら試射ばしましょうかな」

「強力な味方かな」

と太郎次が藤之助を唆《そそのか》した。

「儀右衛門どのがどのような改良を加えたか、楽しみじゃな」

新造帆船が揺れ始めた。どうやら長崎湾口を出たようだ。

「甲板に戻りまっしょうかな」

甲板に戻ってみると新造帆船は香焼島《こうやぎしま》と伊王島《いおうじま》の間を抜けて南西方向に針路を取っていた。

そのとき、藤之助は太郎次らが新造帆船を狙《ねら》いがあって試走しているのではないかと考えた。

新造帆船とはいえ、乗り組んだ面々はなかなか操船術に長《た》けていた。

行く手に小さく島影が見えてきた。

玲奈が指南役で長崎湾から外海《そとめ》、角力灘《すもうなだ》、男女群島《だんじょ》、東シナ海と小帆艇レイナ号で帆走してきた藤之助には、馴染みの島影だ。

「高島《たかしま》にございますな」

「いかにも高島ですたい」

　と答えた太郎次の返事に緊張があった。

「なんぞございますか」

　藤之助の問いに太郎次が、

「高島のことを座光寺様はご存じでございますな」

「船上から眺めるだけでよくは知りません」

「長崎湾外に浮かぶ高島は幕府直　轄領《ちょっかつりょう》、長崎奉行の支配下にはございまっせん。佐賀藩鍋島《なべしま》様の領地にございましてな、直接の支配は鍋島支藩の深堀《ふかほり》藩が行っておりますたい」

「佐賀藩と新たな憂《うれ》いが生じましたか」

　太郎次が近付く島を睨《にら》みながら、

「佐賀藩じゃあございまっせん。老陳にございます」

「老陳が佐賀藩と手を携えたと申されますので」

「その辺の詳しい事情は分かりまっせん。ばってん、高島に老陳一味の船が入っておるそうにございます。そん知らせば受けてくさ、こん新造の船ば試走と称して出したとこですたい」

太郎次が急な試走の理由を告げた。

「鳥船が高島になんの狙いで入りましたか」

「座光寺様、鳥船との報告はございまっせん。ともかくたい、高島では列強が欲しがる良質の石炭が採掘できるとです」

「ほう、石炭がな」

軍艦、砲艦、商船の推進力の蒸気機関には良質な石炭が、大量に要《い》った。

高島ではその石炭が採れると太郎次は言うのだ。

「老陳一味も石炭を狙ってのことと申されますか」

「それを案じております」

この年のことだ。

阿蘭陀第二次東洋艦隊を率いて長崎に到来したファン・カッテンディーケ二等尉官が高島の石炭について、

「我々は肥前佐賀藩所属の高島をも訪れたが、そこには良質な石炭を産する炭鉱があった。それはすべて非常に美しいきらきら光っている石炭であった」

と記すことになる。

藤之助が海上から望遠する高島は、深堀藩の手で露天掘りが行われているに過ぎない。老陳一味は、列強にも先駆けて高島の良質炭に目を付けたか。

「太郎次どの、老陳と行《こう》をともにする元吉原の遊女瀬紫ことおらんから、果たし状が届いておる。その一番手が今朝《けさ》、剣道場に姿を見せたところにございます」

「ほう、おらんがそのような小細工ばしよりましたか、なんのためやろか」

と太郎次が呟《つぶや》き、思案するように腕組みした。

新造帆船は高島の西側へと回り込もうとしていた。

不意に太郎次が立ち上がり、

「座光寺様を長崎に引きつけておく算段やろか」

と自問するように言った。

「高島に根拠地を作るのをそれがしに知られたくなくて果たし状を送りつけてきたと申されますか」

「そこが今一つ分からんところにございます。ばってん、帆船から蒸気機関の船に取ってかわったらくさ、高島の石炭は今にもまして値が上がりまっしょ。これぱくさ、老陳じゃろうがだれじゃろうが見逃す手はございまっせんたい」

「太郎次どの、老陳一味の船が高島にいたとしたらどうなさいますな。老陳一味の船には何門もの大砲を搭載しておりますぞ」

「わっしらの火力では老陳に太刀打《たちう》ちできまっせん。ばってん、みすみす高島に楔《くさび》ば打ち込まれるのをくさ、指を咥《くわ》えて見ておれちゅうのも殺生《せっしょう》でございますな」

なんぞ思案はないかという顔で太郎次が藤之助を見た。

新造帆船が高島の北端に近づき東側へと回り込んだ。すると高島の船着場に小型木造艦が停船していた。

「鳥船ではございませんな」

太郎次が水夫《かこ》を呼ぶと望遠鏡を命じ、筒を伸ばして船影を確かめた。

「座光寺様、老陳一味、此度《こたび》は鳥船を母船に小型外輪船を同伴してきた模様にございますばい。船尾に老陳一味の黒旗が揚がっておりますな」

「どうなされますか」

太郎次がさらに望遠鏡で小型木造艦を観察していたが、

「片舷に四門ずつ大砲を装備しておりますな。話にもなにもなりまっせん」

と太郎次が彼我《ひが》の火力の差を分析した。

「見逃すと申されるか」

「うちの新造帆船の倍の大きさの上に大砲まで備えておりますたい。突っ込んだら死ににいくようなもんですばい」

「太郎次どの、三挺鉄砲の試射をするのではなかったか」

「儀右衛門さんの大鉄砲でなんとかなるやろか」

「ものは試しと申します」

しばし太郎次が思案した。

「座光寺様の強か運に賭けてみまっしょうかな。なんなりと命じて下さらんね」

「まず一旦《いったん》回頭して下さらぬか。あの小型砲艦もこちらをすでに訝《いぶか》しんでおりましょう」

太郎次が主船頭に回頭を命じて、新造帆船は大きく左回りに転進した。

「御幡儀右衛門どのの三挺鉄砲を舳先に固定して下され」

水夫らが機敏に走り回り、甲板の一部が開くと最前下りた船室が見えた。そしてその開口部に三本柱が立てられ、滑車《かっしゃ》を利用して三脚台に設置された改良三挺鉄砲が甲板に姿を見せた。

そのとき、新造帆船は小型砲艦の視界から消えて高島の北側へと回り込んでいた。

改良三挺鉄砲に五十発の口径一インチの銃弾が装塡《そうてん》された大型輪胴《シリンダー》を装着した藤之助は、手回しの取っ手を空回ししてみた。

阿片《あへん》を積んだ五百石船との戦いの時のものより手回しが円滑に動き、三挺の銃身も連動して滑らかに作動した。

舳先に三挺鉄砲が固定されたとき、新造帆船は再び方向を転じて高島の船着場に接近しようとしていた。

「太郎次どの、儀右衛門どのの改良を信じようか」

「突っ込みますな」

「一気に木造砲艦の横手に着けてくれぬか」

「へえ」

太郎次が艫櫓《ともやぐら》に上がった。自ら操船指揮をするつもりだ。

その代わり、若い水夫が藤之助の傍らに残された。

新造帆船が再び小型砲艦を視界に捉《とら》えた。小型砲艦も新造帆船の行動を訝しいと思ったか、船着場から離れて外海に出てこようとしていた。

互いに視界に捉え合った。

小型木造砲艦の外輪の動きが激しくなり、船足が上がった。だが、蒸気機関がまだ十分に暖まってないとみえてゆっくりとした船足だ。

砲門が開き、砲口が新造帆船に向けられた。

藤之助は、三挺鉄砲の銃口の狙いを小型砲艦の外輪付近に定めた。

「もっと接近させよ」

藤之助が傍らの若い水夫に命じた。その言葉は即座に艫櫓の太郎次に伝えられ、新造帆船は小型砲艦へと自ら接近していった。

両船の間は一丁を切っていた。

藤之助は銃床に体を密着させて狙いを固定し、引き金に指をかけた。

小型砲艦の唐人らが砲撃準備をする様《さま》が肉眼ではっきりと捉えられた。

海戦の火蓋《ひぶた》を切ったのは老陳一味の小型砲艦だ。

高島沖の空を砲撃音が響き、砲口から火閃《かせん》が走った。

ずずーん！

砲弾が高く円弧を描いて、新造帆船の頭上を越えて背後の海に落下した。

大きな水飛沫《みずしぶき》が上がり、新造帆船が大きく揺れた。

藤之助は小型砲艦が真横に迫るのを耐えて待った。銃口のみが小型砲艦の針路を追った。

二十数間の海を隔てて外輪が動く光景が真横に見えた。

藤之助が引き金を絞った。

時計師御幡儀右衛門が試作一号の三挺鉄砲に改良を加えた銃口から一インチ銃弾が

糸を引くように飛び出し、外輪に吸い込まれていった。

　砲艦とはいえ、木造船だ。

　外輪が木っ端微塵《こ ぱ み じん》に砕かれて、木片が海上に飛び散った。すると老陳一味の小型砲艦は大きく左舷側に曲がり始め、暴走を始めた。左舷の推進力が破壊されたためだ。

　藤之助はさらに喫水線近くに一インチ弾を集中させて人間の頭ほどの穴を開けた。

　海水が一気に船体に浸入して船足が一気に落ちた。

　藤之助は射撃を止めた。

「太郎次どの、なかなかの鉄砲に改良されましたぞ」

　舳先から藤之助が艫櫓に叫び、
　うおおっ
　という勝ち鬨《か どき》が新造帆船上に木魂《こ だま》した。

三

　翌朝、おらんの刺客の二番手が剣道場に姿を見せた。

なんと赤柄の薙刀《なぎなた》を携えた和人の武芸者だった。

「座光寺藤之助どのにござるな」

「いかにも伝習所剣術教授方座光寺にござる」

「それがし、平家の流れを汲《く》む薙刀筑紫流棟藤五左衛門《つくしりゅうむねふじござえもん》にござる。座光寺どのにはなんの恨《うら》み辛《つら》みはござらぬ。じゃが、主家が老陳にいささかの義理ありて、それがしが討ち手を命ぜられ申した」

「ご苦労に存ずる」

とだけ藤之助は答えた。

「いざ」

と戦いを宣告した棟藤が刀身三尺余の大薙刀の鞘《さや》を払った。反《そ》りが強く、斬撃力を増すために切っ先にいくに従い、刀身は幅広になった、

「冠《かんむり》落とし」

を行灯《あんどん》の明かりにぎらりと煌《きらめ》かせた。

構えは切っ先を自分の体の右斜めにとり、左足はやや開き気味にして踏み出していた。当然、大薙刀の攻撃は、藤之助の体の左側面を襲いくると予測された。

藤之助は使い慣れた木刀を正眼に置いた。

大薙刀に対して、

「静」

なる剣法、信濃一傳流奥傳正舞《おうでんせいまい》四手のうち、一の太刀の構えをとった。

棟藤は、藤之助の激しいまでの剣法、信濃一傳流天竜暴れ水を予測していたか、

うっ

という訝しい表情を一瞬見せた。だが、それは直ぐに平静の顔に戻された。

両雄はしばし無言の裡《うち》に相手の潜在力を読み合った。

長い対峙になった。

その間に酒井栄五郎ら伝習生が道場に入ってきて板壁際《かべぎわ》に静かに着座した。

先手を取るように動いたのは藤之助だ。

正眼の構えのままに大薙刀の刀身の攻撃線へと舞うように進んでいった。

うーむ

棟藤の面上に迷いが生じた。

相手は刃《やいば》の間合いに自ら身を投じてきたのだ。

(なんぞ意図があってのことか)

逡巡《しゅんじゅん》したのは一瞬だ。だが、一瞬の迷いの間に藤之助は大薙刀の攻撃点の内側へ

と入り込んでいた。

「なんと」

棟藤の口から驚きの声が発せられたと同時に大薙刀を手元に引き寄せつつ、偽装の攻撃をかけた。だが、それは真《まこと》の攻撃ではないことを藤之助も読み切っていた。

ふわり
と棟藤は、大薙刀の間合いに戻すために下がった。

次の瞬間、棟藤の面《おもて》に驚愕《きょうがく》と恐怖が浮かんだ。

相手の動きに先んじて後退して得たはずの大薙刀の間合いが最前のまま変わらない事実にだ。

いや、藤之助はいつの間にかさらに棟藤の内懐《うちぶところ》に踏み込んでいた。

「おのれ」

棟藤は大薙刀を引き付けつつ刃を藤之助の肩口に落とした。三尺の冠落としがきらりと光り、藤之助の肩から胸へと襲った。

えたり
と思った棟藤は、その瞬間、大薙刀の刃と赤柄の結合部に風が吹き寄せたのを感じた。直後、両手に痺《しび》れが走り、思わず得物を取り落としていた。

おっ
初めての出来事に動顛《どうてん》した棟藤は、再び、
ふわり
とした風を感じて木刀が額《ひたい》に、
ぴたり
と止まったことに気付かされた。
寸止めの木刀に棟藤五左衛門の動きは封じ込められていた。
空手で呆然《ぼうぜん》と立ち尽くした棟藤の眼前に立ち塞《ふさ》がった藤之助が、
すいっ
と下がり、静なる威圧が消えた。
棟藤は足腰の力が抜けたようにその場に屈して両手を突くと、
「座光寺藤之助どの、それがしの及ぶところではござらぬ。存分にご成敗を」
「棟藤どの、武術家同士が立ち合うただけのこと、勝敗は時の運にござれば互いに遺恨を残しますまい」
四十を過ぎたと思える棟藤の相貌《そうぼう》に畏敬《いけい》の念が漂い、
「修行しなおして参ります」

と一礼した相手は床に落ちた大薙刀を取ると粛然《しゅくぜん》と伝習所剣道場から去った。

三日目の未明、唐人三人組が藤之助の前に現れ、一対三の死闘を繰り広げた後、敗北して退散した。

四日目は仏蘭西《フランス》人剣術家ジャン・ポール・エグモントが、五日目には……と次々におらんの刺客が七日続けて藤之助に戦いを挑み、悉《ことごと》くが敗れ去った。

今や藤之助対老陳とおらんが放つ刺客の戦いは伝習所名物のようになって、早朝から伝習生や千人番所の門弟ばかりか、長崎奉行所の面々も見物に姿を見せるようになっていた。

「立て続けに敗れては老陳の面子《メンツ》は丸潰《まるつぶ》れ、明日こそ最強の剣術家を送り込んでこよう」

「いくら黒蛇頭の首魁老陳といえどもそうそう持ち駒はあるまい。座光寺藤之助先生の完勝じゃな」

「いや、東シナ海をわが庭のように鳥船で駆け回ってきた密輪王の老陳じゃぞ、座光寺どのの命をどのような手段であれ、奪わぬと黒蛇頭の首魁の座が危ないわ」

などと門弟たちが噂《うわさ》し合った。

八日目の朝、刺客はついに伝習所剣道場に姿を見せなかった。

観光丸の出港まで十数日を切っていた。

この日、藤之助は大波止の造船場で第一号木造帆船長崎丸の建造の始まりを見物していた。すると太郎次の奉公人の魚心《ぎょしん》の小舟が岸辺に漕《こ》ぎ寄せて、手振りで藤之助に乗るように指示した。

藤之助は岸壁下に漕ぎ寄せられた小舟にふわりと飛び移った。

「どこへ連れていく積もりか」

口も耳も不自由な魚心が藤之助の口の動きを読んで、湾口を指した。

だれが待つというのか、藤之助は助真を腰から抜くと小舟の胴の間にごろりと寝転がった。すると睡魔が襲ってきた。

連日、刺客を迎える緊張から疲れが重なっていたか。

藤之助は夢を見ていると意識しながら夢を楽しんでいた。

伊那谷《いなだに》の、なんの疑問も持たなかった、少年の日々のことを追憶していた。

節のない竹のような、すうっと痩《や》せた体にぼろと見紛《みまが》う稽古着を身に着けた藤之助がいた。

十五の春か。

藤之助は、戦場往来の実戦剣法信濃一傳流の二の手を模索していた。直感的に迅速《じんそく》に力任せに打ち合う流儀の弱点は、相手に技を外された後だと承知していた。

剣法は、戦国時代の重厚一途な繰り返し技から軽快敏捷《びんしょう》に変化する近代剣術へと変わろうとしていた。だが、伊那谷では古来のひたおしする剣法を重視して伝承していたのだ。

藤之助はそのことにいつのころからか疑いを抱くようになっていた。

木刀を手に流れに屹立《きつりつ》する岩場に独り立っていた。

上流に大雨が降り続いたせいで天竜川の流れが段々と水かさを増して瀬音が激しくなっていた。

天竜は暴れ川、伊那谷の北方で雨が降ったら直ぐに高台に逃げよと教えられて育った藤之助だが、ただじっと木刀を虚空に突き上げたまま不動の姿勢を保っていた。

「藤之助さん」

おきみの案ずる声が岸辺からした。

だが、藤之助は動かない。

かあっ
と見開いた両眼は藤之助が立つ岩場よりさらに流れの真ん中に近い岩を見詰めていた。

藤之助らが河童岩《かっぱいわ》とよぶ巨岩だ。

その岩に勢いを増した激流が打ち付け、四方八方に砕け散り始めた。

藤之助は視線を上流へと転じた。濁った茶色の流れが圧倒的な迫力で伊那谷を覆《おお》い尽《つ》くし、奔流《ほんりゅう》となっていた。

岩場に当たって砕け散った水が再び流れに戻ると新たな水塊を形成し、河童岩へと押し寄せてきた。

流れの中にあって一段と大きな水流を藤之助は凝視《ぎょうし》していた。

茶色の水塊が勢いを増して河童岩を飲み込もうとした。だが、河童岩も巨大な水塊を正面から受け止めるように屹立して動じない。

奔流となった水塊と不動の岩が激突した。

その瞬間、変幻する光景が生れた。

水塊は河童岩のごつごつとした岩肌に砕けて散り散りに虚空へ、四方へと舞い上がった。

藤之助は一段と大きな水塊が河童岩に押し返されて思わぬ方向へ転ずる、

「玄妙」

を見た。

その瞬間、二の手がなったと思った、歓喜した。

（これだ、この動きだ）

藤之助は臍下《せいか》丹田《たんでん》に力を凝縮させると斜め横手にある岩へと跳躍した。さらに前へ後ろへ岩を飛び跳ねた。

「藤之助さん！」

おきみの声が悲鳴に変わっていた。

激流に孤立する岩を半刻余り飛び回り、木刀を振るった藤之助はようようおきみが待つ岸辺に戻った。すると涙を溜《た》めたおきみが迎えた。

「おきみ、天竜が二の手を教えてくれたぞ」

「知らない」

と叫んだおきみが山吹陣屋《やまぶきじんや》へ駆けていった。

小舟が激しく揺れて眠りから覚めた。

ばたばた
と風に鳴る帆の音を聞いた。

確かめるまでもない。玲奈の愛艇レイナ号の帆の音だ。

藤之助が身を起こすと魚心の小舟は天命峰《てんめいほう》と鼠島《ねずみじま》の水路にあって、接近するレイナ号を迎えんとしていた。

「魚心どの、気を付けて戻られよ」

帆を緩めた小帆艇の舳先が魚心の小舟の横手を流れていこうとした。

藤之助は小舟からレイナ号に飛び移り、帆綱を手繰《たぐ》って張った。

舵棒を握る玲奈が即座に反転して湾外へと舳先を向けた。

操舵が落ち着いたのを確かめ、藤之助は藤源次助真を手に玲奈の傍らに座った。

舵棒を挟んでの船尾が二人の定席だ。

髪が風に靡《なび》く玲奈の顔が寄せられ、藤之助の唇《くちびる》を奪った。いつもの挨拶《あいさつ》だ。

「どちらに誘おうというのか」

レイナ号の舳先に上ノ島の島影が重なった。

「どちらと思う」

「観光丸の訓練見物か、いや、外海《そとめ》と見た」

玲奈は答えない。その代わり、足元の籠《かご》から白磁の壺《つぼ》を出して茶碗にダージリン・ティーを注ぎ、ブランデー酒を数滴垂らして藤之助に供してくれた。

「こうしてレイナ号で帆走するのも後、十日余りね」

「江戸に呼び戻されたそれがしはどうなるかのう」

「心配なの」

「長崎逗留が中途半端に終わりそうでな、残念でならぬ」

「玲奈のことは案じないの」

「それも気にかかる」

「それも気にかかる程度なの」

と玲奈が舵棒から手を離し、両手で藤之助の顔を挟んだ。

「それでは紅茶が飲めぬぞ」

「藤之助、正直に答えなさい」

「だれが嫁女と別れて寂しくないものか」

「それだけ」

「ただ今は傍らに玲奈がおるのだ。別れた後のほんとうの気持ちは今も想像もつくまい」

「私、気がおかしくなってしまうかもしれない」

玲奈が呟いた。真剣な口調だった。

「藤之助、幕臣を辞めなさい。長崎に残れるわ」

玲奈が二人の行く道の一つを提示した。

「それができるくらいなら悩みはせぬ」

「座光寺藤之助為清《ためすが》、徳川に忠義を最後まで尽くすのね」

「座光寺家の主《あるじ》としての務めもある」

と答えた藤之助は、

「それがし、どのような運命に曝《さら》されようと此度の江戸帰府がそなたとの永遠の別れとは思えぬのだ」

玲奈が藤之助の唇に接吻《せっぷん》すると両手を離した。

「それがしとそなたは夫婦《めおと》だ」

玲奈が小さく頷《うなず》いた。

「お願いがあるわ」

「なんだ」

「これからなにがあっても断らないで」

「そなたの願い、断ったことがあったか」

「幕臣を辞する頼みを断ったわ」

「それがし」

と言い訳しようとして止《や》め、

「相分《あい》かった」

と答え直した。

玲奈が紅茶茶碗を握る藤之助の手に自らの手を添えて、

「あなたを苦しめる気はないわ。藤之助は幕府が倒れ、負《ま》け戦《いくさ》と分かった時、将軍家に忠誠を尽くす最後の一人、それが座光寺藤之助よ。そんな男に玲奈は惚《ほ》れたの」

藤之助は答える術《すべ》を知らなかった。海を吹き渡る風を感じながらブランデー酒入りの紅茶を喫した。

どーん！

砲声が海を伝わってきた。

角力灘に視線を転ずると水平線に観光丸と思《おぼ》しき船影があって砲撃訓練をしていた。十数日後に藤之助が乗る船だ。

「豆州下田湊《ずしゅうしもだみなと》で下田奉行井上清直《いのうえきよなお》様と亜米利加《アメリカ》人外交官タウンゼント・ハリス総領事の間で厳しい外交交渉が行われているわ」

玲奈が突然話題を転じた。

「最前、下田からもたらされた情報よ。亜米利加人の居住区を認める予備交渉が行われ、締結の運びとなることが伝わってきた」

「玲奈、江戸付近に上海のような租界《そかい》が出来るということか」

「あそこまではならないと思うけど」

と玲奈は言葉を切ると、

「藤之助、あなたが急に江戸に呼び戻されることになった事情の背景には、下田での交渉があるかもしれない」

「玲奈、それがしは交代寄合《こうたいよりあい》伊那衆の座光寺家の当主、一度たりとも幕府の要職に就《つ》いたこともない人間だぞ」

「藤之助は、上海をその目で見た数少ない幕臣の一人よ。外国人らがどのような行動をなし、どのような思考を巡らすか承知の直参旗本よ」

藤之助は玲奈の言葉を反芻《はんすう》した。

水平線にいた観光丸と思える船影はすでに視界の外に消えていた。

温《ぬる》くなった紅茶を喫した。

「下田で行われている外交交渉は、長崎の頭越しに行われておるのか」

「長崎はあくまで徳川幕府の一直轄領よ。列強は長崎奉行を通すことなく江戸の将軍との直接交渉を望んでいるの」

「締結の運びとそなたは申したが、その場合、長崎はどうなる」

藤之助はまず長崎の立場を案じた。

「ハリス総領事の交渉は一気に進むことはないと思うわ。ともかく亜米利加が江戸に望んでいることは、異人の居住を認める事、貨幣の交換比率を取り決める事、領事裁判権を認める事」

「領事裁判権とはなんだ」

「異人が罪を犯した場合、この地の奉行所がその罪を裁くのではなく、当該の領事が奉行所に成り代わって調べて沙汰《さた》を下す権利よ。これを領事裁判権とか治外法権とかいうの」

「外国を受け入れるということは厄介《やっかい》じゃな」

「それぞれお国事情が違う異国を相手に交易したり、外交を展開する場合、共通の規範があったほうが、円滑に事が進むでしょ」

「その場にそれがしが呼ばれると玲奈は申すのか」

「はっきりとしたことではない。でも、今、藤之助が江戸に呼び返されるとしたら、これ以外に考えつかないの」

玲奈が言うと舵棒を僅《わず》かに転じた。

「ハリス総領事の交渉がまとまれば長崎以外の港も開港する」ということは阿蘭陀と長崎会所は独占的な交易の権限を失うということではないか。

レイナ号の舳先に外海の断崖が重なって見えてきた。

切り立った断崖に刃のような細い入口があって、その奥に外海の隠れきりしたんたちが住まいするバスチャン洞窟《どうくつ》屋敷があった。

レイナ号は刃のような鋭利な切れ込みに向かって突き進んでいった。そこには隠れきりしたんの女長《おんなおさ》、ドーニャ・マリア・薫子《かおるこ》・デ・ソト、玲奈の母親が信仰に生きる暮らしをしていた。

四

馴染みの浜に小舟が上げられ、停泊していた。

「本日は祝祭日か」

これまでの付き合いからきりしたん信仰にも降誕祭を始め、聖母マリアやその子、キリストに関わる大事な祝祭日が決められていて、その日に信徒たちが集まり祈禱《きとう》を行うことを藤之助は承知していた。

「いえ、そうではないわ」

と最前まで寛《くつろ》いでいた表情から一変させ、顔に緊張を掃《は》いた玲奈が答えた。

「ここではバスチャン暦で信徒たちにとって『悪か日』と差し障りがない『良か日』が決まっているの。バスチャン暦では『悪か日』ではないわね」

と、玲奈が答えたがそれ以上は口を開かなかった。

藤之助は縮帆作業を行い、舫《もや》い綱《づな》を手に舳先に立った。すると浜の奥から里の女たちが姿を見せた。頭の上に純白の編み布の被り布《マンテイラ》を載せ、賛美歌を歌っていた。

藤之助は舫い綱を手に岩場に飛び、手近な岩に綱で舫った。

「藤之助、手を貸して」

との玲奈の声に、おう、と応じた藤之助が舳先を岩場に横付けして停船したレイナ号から布をかけた包みを抱えた玲奈の手をとり、バスチャン洞窟屋敷の浜に玲奈を上陸させた。

「よう、おいでなされました」

出迎えの中でも年上の女が玲奈に声をかけ、玲奈がその女に抱擁《ほうよう》すると何事か願った。

「藤之助、あなたのことは男衆が世話をするわ」

玲奈は女たちに囲まれるように里の奥へと姿を消した。

浜に藤之助だけが残された。

(趣向がありそうな)

藤之助が呟くところに、ぶちの犬が姿を見せて歩み寄ってきた。

「そなたが藤之助と付き合うてくれるか」

藤之助の言葉に犬が尻尾《しっぽ》を振って応じた。そこへ羽織を着た老人が現れた。

外海の隠れきりしたん、ジイヤクのサンジワン千右衛門《せんえもん》だ。

隠れきりしたんでは、帳方《ちょうかた》、水方《みずかた》、触役《ふれやく》の三役をジイヤクと呼ぶ。ジイヤクとは慈善役が訛《なま》ったものという説があった。

帳方とは「御帳」とよばれるバスチャン暦を繰《く》り、信徒たちに「悪か日」などを知らせることが最も重要な仕事だ。

水方は、洗礼を授ける役職だ。

触役は行事の仕度をして寄り合い日を触れて回る役で、看坊役とも呼ばれた。

「よういらっしゃいました」

楕円《だえん》の中に十の字の紋付の羽織を着た千右衛門が呟くように言い、

「案内《あない》申しまっしょ」

と藤之助に告げた。

「願おう」

なにかが行われようとしていた。

「これからなにがあっても断らないで」

藤之助は玲奈との船上の約束の言葉を思い出して、黙って従った。

千右衛門は狭い浜の左手に案内し、漁師小屋が櫛比《しっぴ》した間にある人ひとりがようやく抜けられる路地奥へと藤之助を連れ込んだ。

浜は藤之助が想像した以上に深く、石垣で詰まれた路地は迷路のようにうねうねと続き、ところどころで路地と路地が交差する辻《つじ》は、小さな広場になっていた。

宗門御改の手が集落を襲った場合を想定して、複雑な迷路が作られているのだ。

不意に集落の外に出た。

広々とした緑の景色が現れ、日差しが戻ってきた。

藤之助の視界が開けた。

石段の上に寺の山門があって、羽織姿の男たちが待ち受けていた。

ジイヤク三役を始め、外海の長老と思えた。

千右衛門に案内されて藤之助が石段を上がると長老方が腰を折って挨拶した。

「造作をかけ申す」

藤之助もこう応じて返礼した。

山門に西海山唐全寺《さいかいざんとうぜんじ》とあった。

藤源次助真を腰から抜くと手に携えた。

羽織の長老方が藤之助を案内したのは、質素な阿弥陀如来《あみだにょらい》が一体だけ安置された本堂だ。

藤之助は阿弥陀如来と向き合う床に座すように千右衛門に促され、手にした助真を傍《かたわ》らに置くと正座をした。

長老方は、藤之助を中心にすえて車座になって座した。大きな数珠《じゅず》のようなものが持ち出されて、藤之助を囲んだ。

千右衛門が呟くようにオラショを唱え、他の長老らが口の中で和した。

外海の隠れきりしたんは、オラショを無声で唱えるのが慣わしだ。

藤之助を中心に大きな数珠が回され始め、無声のオラショが本堂に満ちた。

言うまでもなく寺に偽装した隠れきりしたんの南蛮寺だった。

そんな行事が四半刻《しはんとき》も続いたか、

「天に在《おわ》します我らが御主《おんおや》、御名を尊ばせ給え、御国を来たらせ給え、天において御《おん》思召《おぼしめ》し儘《まま》なる如く、地においてもあらせ給え」

と天に在しますのオラショが唱えられ、最後に、

「我らを凶悪よりのがらせ給え、アメンデズス」

という言葉で締《し》め括《くく》られた。

藤之助の体を囲む大きな数珠が取り除かれ、千右衛門らが立ち上がった。

藤之助が次に長老一行に囲まれて案内されたのはバスチャン洞窟屋敷、外海の隠れきりしたんの信仰の大本山だ。

中にはすでに人の気配があった。

サンジワン千右衛門だけが藤之助の傍らに残った。

藤之助は藤源次助真を腰に戻すと身形《みなり》を直した。

異郷の聖人に帰依《きえ》するためではない。

他者が信ずる神や聖人に尊敬の念を表わすためだ。

藤之助にとってそれが隠れきりしたんであれ、八百万《やおよろず》の神であれ、同じ観念の対象でしかない。

バスチャン洞窟屋敷で人々が立ち上がる気配がした。その物音が静まると賛美歌が

響いてきて、藤之助の眼前の両開きの扉が開かれた。

千右衛門が先導するように堂内へ歩き出した。

藤之助は、一瞬躊躇《ためら》いの後、一歩を踏み出した。

祭壇の前で停止した藤之助に千右衛門が、今入ってきた扉の方角を向くように指示した。

すでに扉は閉ざされてあった。

新たな賛美歌が堂宇《どう》に響いた。すると信徒の男衆が扉を改めて開いた。

藤之助は見た。

象牙色《ぞうげいろ》とも純白とも見分けがつかぬ長衣を着た玲奈が頭にすっぽりと被り布《マンテイラ》を被《かぶ》って、薫子に腕を取られて堂宇に入ってきた。

堂宇の明かりに照らし出された薫子の顔は、これまで見たこともないように紅潮し、それだけに荘厳にも気高い美しさが漂っていた。

玲奈の長衣の裾《すそ》は長く尾を引き、その裾を二人の娘が保持していた。

(祝言《しゅうげん》か)

これは座光寺藤之助と高島玲奈の祝言なのだ、と藤之助は思い当たった。

被り布の下の玲奈の顔が震えているのに藤之助は気付いた。なにも恐れるものとてなく自由奔放に生きてきた玲奈が藤之助との契《ちぎ》りを前に身を震わしていた。

藤之助の脳裏に浮かんだ想念は、こうだ。

「天が定めしものは抗《あらが》うは無益」

藤之助が旧主座光寺左京《さきよう》為清を粛清《しゆくせい》し、座光寺家の主《あるじ》の座に就いたのも宿命《さだめ》なれば、高島玲奈と異郷の神の前で契りを結ぶのも、

「逃れられぬ宿命」

と心を定めた。また自らが望んだことでもあった。

薫子に導かれた玲奈の視線が藤之助を捉えた。

なにかを哀願するか、許しを乞《こ》うてもいるような眼差しだった。

藤之助はただ見返した。

(拒まないの)

玲奈の目が訊《き》いていた。

(拒む理由があるものか)

玲奈の緊張と不安が和らいだように思えた。

薫子が藤之助に会釈をし、

「玲奈の父の国では神の御前までの介添えは父親の役です。されど、事情が事情、私

が代わりを務めます」

と言った。

藤之助の介添えは千右衛門だった。

義母となる薫子に藤之助はただ頷き返した。

薫子が玲奈を藤之助の前に導くと、わずかに身を退いた。

「祝言だな」

「驚かないの」

「そなたが考えることに一々驚いておっては身が持たぬ」

「きりしたんの慣わしで契りが行われても」

「きりしたん信徒ではないぞ」

「私も熱心な信徒とは言えないわ」

と応じた玲奈が、

「母にだけは藤之助との黙契《もっけい》を話したの。そしたら、母は神の御前で契りを示してほしいと願われたの。許して、藤之助」

「母親なればだれしも同じ気持ちになるであろう」

「座光寺藤之助どの、この祝言のかたちもまたそなた様が高島玲奈と惚《ほ》れ合《お》うた宿命の一つとお許しくだされ。この秘儀、外海の外には決して出しませぬ」
「ご斟酌《しんしゃく》あるな、薫子どの」
頷き返した薫子が祭壇の前に向い、玲奈が床に片膝《かたひざ》を突き、藤之助も真似た。
薫子の声が響いた。
「ガラサミチミチ給うマリア、御身に御礼をなし奉《たてまつ》る
御主《おんおや》は御身と共に在《あら》します。御身は女人の中において
分けて御果報にいみじきなり。また御胎内の御身にて在しますデズスは、
尊く在します。デズスの御母サンタマリア様、
今も我らが最後にも我ら悪人のために祈り給え
アメンデズス」
薫子が祭壇から藤之助と玲奈に向きを変えた。
「座光寺藤之助どの、そなたは高島玲奈を生涯の伴侶《はんりょ》として敬い、添い遂げますか」
「それがし、玲奈どのと偕老同穴《かいろうどうけつ》の契り約定《やくじょう》致す」
藤之助は明快に答えた。
薫子が玲奈に向き合った。
「玲奈、そなたは座光寺藤之助どのを死の瞬間まで夫と敬い、添い遂げまするか」

「必ずや」

二人を立たせた薫子が玲奈の被り布を捲《めく》った。

「誓いをなされ」

薫子の言葉に二人は口付けをして改めて夫婦の契りを結んだ。

祝福の賛美歌が高鳴り、玲奈の緊張がゆるゆると解けて笑みが浮かんだ。


薫子の屋敷で祝い膳を囲み、里人たちが二人の祝言を祝った。

その宴が酣《たけなわ》になった頃合、藤之助と玲奈は、薫子に別室に呼ばれた。

「そなた方に母から祝いの品を用意してございます」

薫子は玲奈に天然真珠の首飾りを贈った。

「異郷の地で採れた真珠で作られた首飾り、元禄《げんろく》年間、阿蘭陀船で運ばれてきたものを高島家の先祖が求めて、代々母から娘に姑《しゅうとめ》から嫁にと受け継いできたものです」

と娘の首に掛けてくれた。

大粒の真珠がランプの明りに魅惑的な光を放った。

「玲奈、おめでとう」

「母上、感謝の言葉もありません」

「感謝の言葉があるなれば、座光寺どのに申し上げることね。幕臣でありながら、禁じられた異教の神の前に頭《こうべ》を垂れられたのよ、そなたのためにな」

「分かっております、母上。二人になった折、ちゃんとお礼を申し上げます」

「母の前では恥ずかしいですか」

と笑った薫子が一旦退室した。そして、次に姿を見せたとき、金象嵌《きんぞうがん》を施した南蛮造りと思える馬上剣を捧げ持ってきた。

「座光寺どの、玲奈の父親が長崎に参る折、大切に持参したものにございます」

薫子が藤之助の手に差し出し、拝受した。

ずしり
藤源次助真よりはるかに重い剣で宝石を嵌《は》め込んだ象嵌細工も手が込んだものだった。

「それがしへの贈り物にござるか」

「ソトが帰国する折、玲奈の生涯の伴侶がこの両手剣クレイモアに相応《ふさわ》しい武人であればと願っておりました。座光寺藤之助どのほど、このクレイモア剣を使いこなす武人はございますまい」

「クレイモアと申す剣にございますか」

「何百年か前のヨーロッパの戦《いくさ》は重い甲冑《かっちゅう》を着た騎士同士が馬上から殴り合う戦だったそうです。ために剣も両手で保持しなければ、扱えぬほど重かったとか」

「拝見してようございますか」

「クレイモア剣、すでにそなたの手中にございますぞ。だれに遠慮が要《い》りましょうや」

藤之助は、柄元と鞘に施された宝石と微細な金象嵌細工、ハの字の逆のかたちをしたダマスカス鋼の十字鍔《つば》を眺《なが》めて、重さを両手に感じつつ刃を抜いた。

諸刃《もろは》の直刀で先にいくほど細くなっていた。

刃渡りは四尺余か。

見事な鍛造だった。

「両手剣なるものは相手に打撃を与えれば事が足りるそうで、刃は元々鋭利に造られてはいないそうな。ところが英吉利《イギリス》国で鍛造されたクレイモア剣だけは斬れ味鋭く、ヨーロッパで一番美しい剣と賞賛される逸品にございますとか」

「ソトどのはどうして所持しておいでだったのですか」

「ソトの母国の西班牙《スペイン》国と英吉利国が戦いを交えた折、ソト家の先祖が敵将と互いの剣を交換するような出来事があったようなの。なんでも英吉利王室の所持品の一つであったそうよ」

　と薫子が答えた。

「そのような由緒《ゆいしょ》正しき名剣、それがしが頂戴するわけには参りません」

「いえ、これは玲奈の伴侶になった者の宿命、座光寺どのほど相応しい人物は見当たりませぬ」

　と薫子が言い切った。

　藤之助は玲奈を見た。すると玲奈が紅潮した顔で頷いた。

　羽織を脱ぎ、腰から助真と長治《おさはる》を外した藤之助は、両手にクレイモア剣を握って庭に出た。鞘は玲奈の手に残した。

　刃渡り四尺、日本刀ではまず鍛造されることはない。鍔元の刀身の幅も助真の二倍はありそうでずしりと重い。

　藤之助は両手でクレイモア剣を虚空へと差し上げた。

　信濃一傳流の構え、

「流れを呑め、山を圧せよ」

だ。

　臍下丹田に力を溜《た》めた。

「おりゃ」

気合の声を発した。

前方に夕闇の角力灘が広がっていた。

両手剣を突き上げたまま、角力灘に挑むように走り、跳躍した。

「おりゃ！」

再び気合が響いて虚空に捧げたクレイモア剣が無限の広がりを見せる角力灘を斬り分けるように振り下ろされた。

玲奈は見ていた。

英吉利国の刀鍛治《かじ》が丹精した両手剣が外海の空気を軽やかに斬り分け、角力灘を両断したのを。

祝いの席にいた長老たちが庭の藤之助に気付き、見物に外に出てきて、

「玲奈様の亭主どのはくさ、大天狗《おおてんぐ》やろか」

「馬鹿げたこつば言うでなか」

「いいんや、大天狗様ばい」

藤之助の動きは止まらなかった。

庭を縦横無尽に飛び跳ねてクレイモア剣を振り下ろし、横手に車輪の回し、地擦《じず》り

から掬《すく》い上げ、長い剣の切っ先で虚空の一角を突き抜いた。

クレイモア剣の試しは四半刻も続いたか。

「玲奈、そなたの亭主どのは途方もなき人物ですよ」

「母上、私が惚れたのがお分かり頂けました」

「そなたと似合いの亭主どのです。これ以上のお方は南蛮船に乗り込んで世界じゅうを探して歩いてもございませんよ」

と薫子が保証した。

第三章　別離の宴

一

夜半過ぎ、長崎奉行所西支所内海軍伝習所教授方宿舎に戻ろうとした藤之助《とうのすけ》は剣道場に怪しげな気配があることを感じとった。

伝習生は朝が早い。観光丸《かんこうまる》での厳しい操船、砲撃訓練が連日行われていた。くたくたに疲れて熟睡している刻限だった。

藤之助は、布に包んだクレイモア剣を手に提げて玄関から剣道場に入った。

剣道場の見所《けんじょ》に一つだけ明かりが点《とも》り、ジャワ更紗《さらさ》で作られた打ち掛けを着た女が悠然と唐人煙管《キセル》を吹かしていた。

おらんだ。

藤之助と視線を交じわらせたおらんが煙管の吸い口から唇《くちびる》を離して、
ふうっ
と煙を吐《は》いた。

十数間も離れた藤之助の鼻腔《びこう》にも阿片《あへん》の臭《にお》いが押し寄せてきた。

「おらん、阿片でおかしくなった頭では判断もつくまいが、この場は伝習生が必死の修行を積む場所じゃぞ。大地震騒ぎをもっけの幸いに主《あるじ》の持ち金をくすねて足抜けした女郎が座すところではないわ」

「吐《ぬ》かせ、伊那《いな》の山猿」

おらんの声はキイキイと響き、剣道場の天井を突き抜けるような甲高《かんだか》いものだった。阿片が五感を狂わせたか、人間のものとは思えなかった。

「夜半の訪《おとな》い、なんぞ用事か」

再び煙管を銜《くわ》えたおらんは答えない。

「そなたが送り込んだ七組の刺客、いささかも手応えがないのう」

藤之助の挑発に、おらんが煙管を乱暴に摑《つか》むと火口を十数間先の藤之助に突き付けた。

「あの者たちは捨て駒じゃぞ」

「おらん、人それぞれ生きる道を持っておる。そなたのようなすべた女郎に捨て駒などと誹《そし》られては浮かぶ瀬もあるまい」

と応じつつ藤之助は、道場の真ん中へと歩を進めた。すると天井付近の闇でかさこそと動き回る気配がした。

藤之助は自ら死地に身を入れた。

「おらん、黄大人《こうたいじん》を通じ、老陳《ろうちん》とそなたにそれがしの意は伝えてある。そなたが安政《あんせい》二年（一八五五）十月三日未明、吉原稲木楼《よしわらいなきろう》の地下蔵から盗み出した八百四十余両をかけての大勝負はいつなすな。のんびりしておると、それがし、観光丸に同乗して長崎を去ることになる」

「藤之助、観光丸の出船は三月四日未明、未《いま》だ十日余りある」

「出船ぎりぎりまで楽しませてくれると申すか」

「おまえは江戸には戻れぬ」

「おらん、それがしが江戸に戻って都合が悪きことがあるか」

「伊那の山猿には関わりなきこと」

老陳は、決して藤之助の江戸帰府を歓迎してないことをおらんとの会話で察した。

「藤之助、老陳様の申し出、黄武尊《ぶそん》はしかと承知であろうな」

「それがしがそなたの放つ刺客を悉《ことごと》く斃《たお》せば、勝ちを得た代償にそれがしは八百四十両を取り戻すことになる」

「おまえが斃れた暁《あかつき》には、黄武尊は老陳様と手を組み、われらは和国商いを牛耳《ぎゅうじ》ることになる」

黄大人は藤之助を信じて、かような約定《やくじょう》をなしてくれたのだ。

「黄大人は約定に背かれぬお方だ。案じるな、おらん」

と言った藤之助は、

「そなたの賭け金は未だ盆茣蓙《ぼんござ》の上に見当たらぬな」

「今宵《こよい》、唐人屋敷に八百四十両は放り込んできた」

「ならば、いつ何刻《なんどき》なりと勝負に応ずる」

と宣告する藤之助の頭上で殺気が渦巻いた。

見所に座すおらんが唐人言葉で命じた。

黄色の影がふわりふわりと藤之助を取り囲むように飛び下りてきた。どれもが巨軀《きょく》の持ち主だがなんとも敏捷《びんしょう》軽快な身のこなしだ。

得物は長剣あり、薙刀矛《なぎなたほこ》あり、槍《やり》あり、中には素手の武人もいて、その数、九人を数えた。

だれもが一騎当千の面構《つらがま》えを見せる唐人の武術家集団だ。

輪の中に囲まれた藤之助は、視線を黄色の集団の動きに預けながら片手で羽織の紐《ひも》を解《ほど》き、脱いだ。だが、九人は藤之助が戦いの仕度《したく》に入るのを見守りながらも不意打ちを食らわす様子は見せなかった。それが武人の意地と自信を示していた。

藤之助はさらに腰の大小を抜くと羽織の上に置いた。

黄色の武人らが訝《いぶか》しい顔をした。

「少林寺《しょうりんじ》の勇武に恐れをなしたか」

おらんが叫んだ。

「ほう、この面々、少林寺派の武人方か」

清国河南省登封嵩山《しんかなんしょうとうふうすうざん》の西、少室山《しょうしつざん》北麓に建つ名刹《めいさつ》で四九六年に創建。後に達磨《だるま》大師が面壁九年《めんぺきくねん》の修行をなした場所が少林寺だ。

ここの修行僧らは心身鍛錬《たんれん》の法として拳法を始め、あらゆる武器得物の訓練を課せられた。

藤之助は話には聞いていたが対決するのは初めてだ。最後まで片手で保持していたクレイモア剣の包みを解いた。

黄色の集団に驚きが走った。そして、驚きは歓喜に変わった。

「愚か者めが、重い馬上剣をどうしようというのか」

とおらんが勝ち誇った声を上げた。

日本の刀は、無駄を削ぎ落とした鍛造の極致だ。これに対して欧羅巴《ヨーロッパ》の両手剣も唐人の武器も、

「重さ」

が相手に打撃を与える重要な要素といえた。

刀の刃と青龍刀がまともに打ち合えば、刃は重さだけで吹き飛ばされるか、折れるかしよう。それに対抗するために刀を使う剣術家は迅速玄妙《じんそくげんみょう》な技を磨く。

座光寺《ざこうじ》藤之助の「天竜暴れ水《てんりゅう》」は、近代剣法の迅速さに則して考え出された剣法だ。それは強靱《きょうじん》な肉体と無限の想像力と鋭くも鍛え上げられた刀が生み出した攻撃法だ。

欧羅巴の両手剣の傑作、クレイモア剣を藤之助が持つことによって動きが封殺される、とおらんは考えたか。また少林寺の武人らの喜びも、そこにあったか。

「お待たせ申した、礼を申す」

と武人らの礼節に謝礼を述べた藤之助はクレイモア剣を差し上げつつ、

「存分に参られよ」

と願った。

藤之助は黄色の集団が輪を大きく広げ、それぞれの得物を構えたことを確かめると両眼を閉ざした。すると伊那谷の冬景色が浮かび上がった。

重畳《ちようじよう》たる赤石岳《あかいしだけ》に白いものが降り積もっていた。

鈍色《にびいろ》の雲間から光が覗《のぞ》き、斜面を染めた。

天竜は滔々《とうとう》として静かに流れを作っていた。流れに点在する岩の頭に綿帽子があった。

ひゅっ
と山颪《やまおろし》が流れをざわつかせた。

藤之助は両眼を見開いた。その視界の正面で矛を携《たずさ》えた武人が跳躍したのが見えた。

藤之助はその瞬間、左斜めへと飛び下がりつつ、クレイモア剣を左下へと流していた。

不意打ちに両手に青龍刀を構えて動き出そうとしていた武人が両手の得物でクレイモア剣を受けようとした。

藤之助は目前にした光景に自ら驚愕《きようがく》した。

一本の青龍刀をクレイモア剣の両刃が、
すっぱり
と両断し、二本目を強襲すると武人ごと横手に飛ばしていた。

藤之助にとっても初めての感触だ。

だが、その感触に浸《ひた》る暇《ひま》はない。

仲間が倒されたのを見て、左右の武人が矛と槍を突き出そうとした。

藤之助は前方の敵に対して左から横へと回し斬りにして矛のけら首を飛ばし、右足を支点にくるりと反転して槍の突きに合わせていた。

槍の千段巻がすぱりと斬れ、穂先を飛ばされた武人が呆然《ぼうぜん》として立ち竦《すく》んだ。

少林寺の武術家は藤之助に先手を取られて、ざわついた。

藤之助はほつれが生じた輪の外へと身を退いた。

「おらん、今宵は少林寺方との前哨戦、これくらいに致さぬか」

「おのれ」

見所に立ち上がったおらんの手にリボルバーがあった。

「おらん、それがしが江戸に発《た》つ前にそなたとは雌雄を決するときが参る。その折こそ、命が尽きるまで戦い抜こうぞ」

藤之助の言葉が理解ついたか、黄色の集団が倒された仲間を助けて身を退いた。

おらんが打ち掛けの裾《すそ》を翻《ひるがえ》して道場の外の闇に紛《まぎ》れ、続いて黄色の武人も消えた。


大波止《おおはと》から観光丸の姿が消えた。

伝習所第一期生矢田堀景蔵《やたぼりけいぞう》らが乗り込んで二泊三日の航海訓練に出立《しゅったつ》したのだ。阿蘭陀《オランダ》人教官を乗せての最後の航海になる。

伝習所に残ったのは酒井栄五郎《さかいえいごろう》ら第二期生だけだ。

藤之助は大波止で建造中の帆船の様子を眺《なが》めていた。竜骨が延びて、その左右から人間の肋骨《ろっこつ》にあたる肋材が綺麗《きれい》に組み上げられようとしていた。

上田寅吉《うえだとらきち》もあちらこちらに飛び回り、船大工らを指導して回っていた。こうして見ると和船の構造と西洋帆船の仕組みが大きく異なることがよく分かった。

船体の強度と水密性を保持する竜骨と肋骨、船体に固定された舵《かじ》、主帆柱と補助帆柱、複雑な帆の組み合わせ、時に何日も荒波が襲いくる外洋を乗り切るために必要な工夫と技であった。

寅吉が藤之助に気付いて、額の汗を手拭《てぬぐい》で拭いながら傍《かたわ》らにやってきた。

「座光寺様とお別れかと思うと長崎が寂しくなりますな」

「そなたも観光丸に同乗するのではなかったか」

「新たな命《めい》で大波止造船場の場長に命じられました」

「それはよかった」

　藤之助は寅吉のために辞令が撤回されたことを喜んだ。その上で、

「寅吉どの、去るものもおれば来るものもある。新しい蒸気砲艦が阿蘭陀から到着するそうではないか」

「伝習所の阿蘭陀人教官方も交代なされると聞いております。ようやく教官の言わんとするところが飲み込めるようになったところです。また一からやり直しですばい」

　豆州《ずしゅう》生まれの寅吉が長崎弁に茶化して第二次阿蘭陀派遣教官との意思の疎通を案じた。

「寅吉どのは言葉が分からなくとも、手先が相手に意を伝えるでな。新しい教官方にも直《す》ぐに慣れよう」

「座光寺様、戸田《へだ》でおろしゃ人と初めて帆船建造に携わってから何人もの異人と接しましたがな、どなたもよう働かれますし、勉強をなさっておられます。わっしらは何百年も井の中の蛙《かわず》で安穏《あんのん》に暮らしてきた分、必死の努力が要《い》りますな」

にはなることは必至だった。


「いかにもさようかな」

　それも短期間に西洋に伍《ご》した科学、軍事、外交、語学などを習得せねば列強の属国になることは必至だった。

　だが、江戸の幕閣、要人らの何人がそれを認識しておられるか。

　藤之助も寅吉も暗澹《あんたん》とした気持ちを胸の底に抱いていた。

「座光寺先生」

　と背に一柳《ひとつやなぎ》聖次郎《せいじろう》の声がして振り向くと栄五郎と二人、造船場に歩み寄ってきた。

「授業はどうした」

「阿蘭陀人の教官方の大半が観光丸に乗船しておられるのでな、昼からは自習じゃ。われらは、永井《ながい》様に外出のお断りを願って許されたのだ」

「なんぞ用事か」

「第一期生の矢田堀様方に藤之助、そなたも江戸に去ろう。別離の宴を催さんと料理屋に交渉にいく役を仰《おお》せ付かったのだ。藤之助、知恵を貸せ」

　と栄五郎がおどけて言った。

「それは大役かな」

「大役もなにも金はないが飲み食いは存分にしたいという連中ばかりだ。いつぞやそなたが案内した丸山《まるやま》の卓袱《しっぽく》料理屋など最初《はな》から駄目だ。予算を聞いたら塩を撒《ま》かれるのは必定《ひつじょう》だからな」

「それは困ったな」

「だから知恵を貸せと申しておるのだ」

栄五郎と聖次郎は、藤之助が大波止にいることを承知で外出の許しを得てきたようだ。

「唐人屋敷か」

「老陳の鳥船が長崎界隈《かいわい》をうろついておる時期、酔っ払って唐人と喧嘩沙汰《けんかざた》になってもいかぬゆえ、唐人屋敷は避けよとの総監の命だ」

「金はないが飲み食いはしたいか」

藤之助の思案に、

「おお、前途洋々たるわれらの将来を担保《たんぽ》に好き放題に飲み食いさせてくれるところはないかのう」

栄五郎の厚かましい言葉を聞いた寅吉が、

「こりゃ、難題でございますな」

と笑った。

しばし考えた藤之助が寅吉を見た。

「寅吉どの、伝馬《てんま》をお借りできぬか、夕刻までにはお返し申す」

「それはようございますが」

寅吉が造船所の石段下に舫《もや》われた一隻に藤之助を案内して、

「自由に使いなっせ」

と綱を解《ほど》いた。

「どこに行くのだ」

「まあ、よい。そなたらの虫のいい話に乗ってもらえるかどうか、一軒思いついた」

と藤之助は二人の友を伝馬に乗せると櫓《ろ》を握った。

長崎湾を稲佐浜《いなさはま》に向かって伝馬の舳先《へさき》を向けた。

「今頃、能勢隈之助《のせくまのすけ》はどこにおるかのう、望みの異国には未だ到着しておるまい」

伝習所入所以前からの知己《ちき》の身を聖次郎が案じた。

「おそらく天竺《てんじく》は越えておろうが、その先にどのような国があり、どのような人々が暮らしておるのか想像もつかぬ」

「藤之助、つくづく異人とは恐ろしいものじゃな。波濤万里《はとうばんり》を越えて異郷の地で平然と暮らしを立てておる」

　栄五郎が言い、

「不自由な体の能勢は自ら望んでその地に旅立った。能勢限之助は異人らよりも勇気ある者といえぬか、藤之助」

「同感じゃな」

「藤之助、そなたは異郷を知った者じゃ、うんとは答えまいがな」

　栄五郎の問いともなんともつかぬ言葉を藤之助は聞き流した。

「われらは知っておる」

「なにを知っておるというのだ」

「豆州下田《しもだ》で幕府と亜米利加《アメリカ》国のハリス総領事が掛け合いをなしておるそうじゃな」

「和親条約の下準備と聞いた」

「だれとは言わぬ。阿蘭陀人教官の一人が下田の掛け合い次第でわが国は一気に開港に走ると申された。そのために矢田堀様も、藤之助、そなたも江戸に呼び戻されたと申された」

「栄五郎、それがしが受けた命は長崎を離れ、江戸に復命することだけだ。その先、なにが待ち受けているか、なにも知らぬ」

「必ずやそなたの出番が参る。幕臣の中で異国を承知の者はそうおらぬからな」

「栄五郎、先走って物事を考えるでない。間違いを起す因《もと》になる」

くすくすと聖次郎が笑った。

「栄五郎、そなたがどう突き崩そうとしても座光寺藤之助先生は動じぬわ。自らの口から異郷を承知などと答えるものか」

「駄目か」

と栄五郎がごろりと伝馬の胴の間に寝転がった。

「聖次郎、江戸に戻り、暇を作って能勢家を訪ねようと思う。構わぬか」

「ぜひそうしてくれぬか。母御《ははご》が隈之助の身を案じておるそうな」

がばっ
と栄五郎が起き上がった。

「おぬし、母御に会って能勢隈之助の行き先を告げるつもりか」

「母御にお会いしてそのことは決めようと思うておる。それでよいか、ご両人」

よい、と聖次郎が即答し、

「これまで能勢隈之助がわれらに寄越した文をそなたに預ける。場合によっては母御に渡してはくれぬか」

藤之助は思わぬ提案に栄五郎と顔を見合わせ、

「なによりの土産になろう」

と賛同した。

二

半刻《はんとき》後、稲佐山荘に向かう山道を三人は歩いていた。

おぼろに霞《かす》む山の斜面に山桜が淡く紅を流したように浮かんでいた。

鶯《うぐいす》が鳴き、山路に春を謳歌《おうか》している。

「われらが阿蘭陀鴃舌《げきぜつ》に苦労しておるとき、そなたはこのような鄙《ひな》びた山里を散策しておったか」

阿蘭陀語に手を焼く栄五郎が羨《うらや》ましそうな顔をした。

藤之助が思い付いたのは稲佐浜のえつ婆《ばあ》のことだ。漁師料理で酒を酌《く》み交わせば、長崎で飲み食いするよりも安価で済むと考えてのことだ。話を聞いたえつは、

「伝習所は若い衆ばかりじゃな、何人ほどかな」

と問い返した。

「伝習所第一期生と第二期生がほぼ参加するとなると何十人にもなるな」

栄五郎が答え、

「若様方、お婆一人が手のうちでは無理やろね」

「なに、無理か」

と栄五郎が愕然《がくぜん》とした。だが、えつの話には続きがあった。

「座光寺様、山の上はどげんね、あそこなら大勢の接待は慣れちょりますばい」

「いかにもさようじゃが、稲佐山荘はこちらより値が張ろう。伝習生は大半が貧乏でな」

と答えながらも藤之助は、金の工面を考えていた。

「かかりのことはおけいに相談しなっせ。魚はうちからなんぼでん揚げさせますでな」

えつの言葉に勇気付けられた藤之助は、稲佐山の頂《いただき》に登ることを提案した。

「なに、山の頂じゃと。われらは江戸者じゃぞ、山歩きはどうもな。第一酔っ払っての帰り道が難儀せぬか」

と栄五郎が難色を示した。

「国難が襲いかかろうというときに、幕臣が山登りは嫌じゃなどと言えるか、軟弱者が」

と聖次郎に一喝《いっかつ》された栄五郎が、

「なんにしても金子《きんす》が十分ではない宴の設営は大変じゃな」

とぼやいてみたが藤之助の案内に従うしかない。

山道が高くなるにつれて唐人船が網代帆《あじろほ》を休め、大小の船が行きかう長崎湾と起伏ある斜面に家々が立ち並ぶ長崎の町が一望できるようになった。

稲佐山から見る初めての眺望に聖次郎も栄五郎も粛《しゅく》として声もない。

細長い入江を挟《はさ》んで衝立《ついたて》のように広がる長崎の丘に漆喰《しっくい》の家並が点在して、その間を緑の段々畑や林が埋め、手前の湾の異国情緒と対照的な光景を展開していた。

「長崎とはこのような町か」

「われらは海上からしか長崎を見ておらぬ、長崎の半面しか知らなかったということだぞ」

と二人が言い合い、聖次郎が、

「この景色に接しただけでも来た甲斐《かい》があったというものだ。藤之助、感謝致す」

「藤之助、そなた、どうしてここを知った」

「また、穿鑿《せんさく》か」

と栄五郎の好奇心に苦笑いした藤之助は、

「えつ婆は高島家《たかしまけ》とは古い知り合いでな、えつ婆の娘おけいさんが稲佐山の頂で稲佐山荘なる料理茶屋を営んでおるのだ。ご両人、山道の中途で景色を満喫しておると、あちらで言葉を失うぞ。玲奈《れいな》どのは、それがしを最初に案内したとき、南蛮の言葉でパライソと評したが、まさにこの世の極楽じゃぞ」

「そなたとわれらの間にはなんとも釈然とせぬ扱いの差が存しておるわ」

と栄五郎が言い、急に山道を急ぎ始めた。

稲佐山荘が見えてきたとき、先頭に立っていた栄五郎の足が止まった。背が固まっている。

藁葺《わらぶ》きの大家《たいか》の庭では鶏が餌《えさ》を啄《つい》ばみ、山羊《やぎ》が夏蜜柑《なつみかん》の林に繋《つな》がれて、なんとも長閑《のどか》な光景が展開していた。山荘の奥には長崎湾口が、そして、正面には長崎の家並と船を散らした湾がきらきらと木の葉の間に光って見えた。

「どうした、栄五郎」

聖次郎の問いに栄五郎の後頭部がゆっくりと横に振られた。

「おれは、おれは長崎を初めて知った」

栄五郎の言葉は感動に打ち震えていた。

「別離の宴に相応《ふさわ》しい景色、これ以上の肴《さかな》はありえぬぞ。料理は要らぬ、酒があればそれでよい」

　と聖次郎が言い、

「聖次郎、そう申さずおけいの手料理を賞味してみよ」

と藤之助が待ったをかけた。

四半刻《しはんとき》後、三人はメバルの焼き物と蕗味噌《ふきみそ》、芹《せり》の和《あ》え物《もの》で酒を酌み交わしていた。

「座光寺先生、いかにもそれがしが早計であった。この景色にこの手料理、申し分ござらぬ」

　であろうが、と満足げに答えた藤之助に栄五郎が、

「おい、藤之助、そなた、玲奈嬢と付き合うて贅沢三昧《ぜいたくざんまい》をしておるな。稲佐山荘の構えに料理、われらが予算ではとても応じきれぬぞ」

　と不安げな声を上げるところに、おけいが猪肉《ししにく》の味噌焼きを持参した。

「若様方、この家と料理が気に入ったと言われるな。ならば、費用のことはなんでも相談に乗りますたい。お国のためにご奉公なさっておられるお方からいいなりなお金を請求できるものですか」

　とおけいが胸を叩《たた》いた。

「それがし、いささか不安が解消された」

と栄五郎が応じて、

「そのお盆の料理はなんでござろうか」

とおけいの盆を覗《のぞ》き込んだ。

一刻余り、稲佐山荘で酒食をなした三人は、おけいに送られて帰路に就いた。

「藤之助、一人前二朱、酒肴《しゅこう》お任せでよいのか」

幕末の二朱はせいぜい現代の価格に置き換えて四、五千円か。一柳聖次郎がおけいと栄五郎の間で行われた値段の交渉を気にした。

「聖次郎、それがしとてこの御時世二朱であのような贅沢ができるとは思うておらぬ。じゃが、伝習生の懐《ふところぐ》具合《あい》を思うとな」

と栄五郎も言った。

「聖次郎、栄五郎、値のことは気に致すな。おけいさんが請合《うけあ》ったのだ、成算があってのことであろう」

藤之助はそれだけ答えた。

伝馬に乗った三人がえつ婆に見送られて長崎湾を横切り、大波止に戻ったのは夕暮れ六つ（午後六時）前のことだ。

寅吉に伝馬を戻し、礼を述べた。

「そなたら、伝習所宿舎に戻るな」

「本日のことを皆に知らせねばならんでな」

「それがし、ちと他用を思い出した。此処《ここ》で別れようか」

「座光寺先生、本日は実に眼福《がんぷく》の上に美味《おい》しい手料理を賞味致した。礼の言葉もない」

と聖次郎が長崎に戻るや師弟の言葉遣いに戻し、そう言った。

「なんのことがあろう」

三人は大波止で別れた。

藤之助が訪ねた先は高島家だ。顔見知りの門番が直ぐに玲奈に訪《おとな》いを告げにいったところを見ると、珍しくも玲奈は屋敷にいるようだ。

「長崎町年寄《まちどしより》の屋敷構えは三百諸侯のそれを凌《しの》ぐ」

と評された長崎町年寄の一家の門前で藤之助は、頻繁《ひんぱん》な人と物の出入りを眺めていた。大半の人が藤之助に黙礼し、中には、

「座光寺様、江戸にお戻りになられるそうですな。長崎が気の抜けたごとなりまっしょ」

などと声を掛けていく者もいた。

一年余の長崎滞在で得た財産だった。

「お待たせ申しました」

と門番が戻ってきて、

「射撃場にお出《い》で下さいとのことです」

案内するとの門番を断り、広い敷地の高島家の裏手に回った。竹藪《たけやぶ》を抜けるとくぐもった音が律動的に響いてきた。銃の試射が行われているのだ。

徳川幕府支配下にある長崎でも当然銃の扱いは厳しい管理の下にあった。

だが、幕府開闢《かいびゃく》から二百五十年余の歳月を経て幕藩体制はぐらぐらに揺らぎ、四海をおろしゃ、亜米利加、英吉利《イギリス》、仏蘭西《フランス》など列強の艦隊が遊弋《ゆうよく》していた。

長崎会所《かいしょ》は阿蘭陀と唐との交易で培《つちか》った人脈と資力で重軽火器、砲艦、反射炉製造技術などの輸入及び取得に密《ひそ》かに着手していた。

客は西国大名あり、東の雄藩あり、そして、公《おおやけ》ではないが幕府の命も果たそうとしていた。

そんなわけで高島家に銃器の試射場があるのは当然だった。

漆喰《しっくい》塗《ぬ》りの厚壁に小さな格子窓が切り込まれていたが、内部からぴたりと閉ざされていた。

射撃場の出入口に高島家の若い衆が立ち、藤之助を黙礼で迎えると扉を開いた。するとずんずんと腹に響く重い銃声が藤之助の耳を襲った。

耳栓をした玲奈が両手撃ちで銃身の長いコルト・パターソンモデル・リボルバーとは少々形が違う銃を撃ち終え、振り向いて藤之助と目を合わせた。

「藤之助、未だ飛び道具に関心はないの」

「関心があるゆえ身から遠ざけておる。それが馬鹿げた抵抗と承知なのにな」

自嘲《じちょう》するように応じた藤之助に、玲奈が大型リボルバーを突き出した。

「私では荷が重過ぎるわ」

藤之助は羽織を脱ぐと玲奈が差し出すリボルバーを手にした。

輪胴回転式の銃器リボルバーの真の発明者はだれか分からなかった。サミュエル・コルトが特許権を取得し、亜米利加国ニュージャージー州パターソンで製作販売を開始したのが一八三五年といわれる。以後、幾多の改良が加えられ、今、藤之助が手にしているのは、パターソンモデルにウォーカー大尉の助言を入れて改良されたコルト・ウォーカーモデル・リボルバー、俗にホイットニービル・ウォーカーと呼ばれる形式だった。

「四十四口径か」

玲奈が差し出した箱から銃弾を掴《つか》むと輪胴《シリンダー》を外して六発を装填《そうてん》した。その作業の間に玲奈が耳栓を藤之助の耳に差し込んでくれた。

射撃場の的《まと》は新しいものに替えられていた。

藤之助は右手一本にホイットニービル・ウォーカーを保持すると、引き金を絞る感覚を指に思い起こさせるために何度か想念の中で動きを繰り返した。

引き金はパターソンモデルのように剝《む》き出しではなく用心金を装着し、銃把《じゅうは》も実用的な形状と変わっていた。

銃器の重さはすでに藤之助の五体が覚えていた。

息を吐き、静かに吸って停止した。

引き金に掛かった指を静かに絞り、緩め、絞った。

律動的な指の動きに長い銃身が震えて規則正しく上下し、次々に銃弾が発射され、的の中心点付近に集弾した。

藤之助はすさまじい破壊力に驚かされた。

耳栓を外すと射撃場の中に銃声の余韻が木魂《こだま》していた。そして、
ぱちぱち

と拍手が起こった。

(玲奈の他にだれかいたのか)

振り向くと射撃場の片隅に二人の人物がいた。上海《シャンハイ》で会った丁抹《デンマーク》人のペーテル・ハンセンが手を叩き、その後ろにひっそりと葛里布《かつりふ》が控えていたのだ。

「長崎においでとは存じなかった。その節は世話になり申した」

「さすがに上海租界《そかい》を攪乱《かくらん》したサムライですね」

とかつて出島に商務官として滞在したハンセンの日本語はさらに流暢《りゆうちよう》さに磨きがかけられていた。それは長崎との交流が深いことを示していた。

「ハンセンさんと葛さんは東方交易《とうほうこうえき》再開の準備に長崎に渡ってこられたの」

上海に密かに設立された長崎奉行所と長崎会所の出先機関の東方交易は、派遣された奉行所産物方岩城和次郎《いわきわじろう》と長崎会所阿蘭陀通詞《つうじ》方石橋継種《がたいしばしつぐたね》の二人の、

「謀反《むほん》」

とも思える裏切りによって莫大《ばくだい》な損害を蒙《こうむ》り、機能を停止していた。

だが、日一日と幕藩体制が揺らぐ中、今こそ必要な出先機関だった。

「此度《こたび》も長崎奉行所と会所が手を握ってのことか」

「奉行所に余裕はないわ。会所がジャーディン・マセソン商会と手を組んで再開する

のよ」

どうやらホイットニービル・ウォーカーは、東方交易の再開準備のために密航してきた二人が持参した商品だと藤之助は見当を付けた。

「藤之助、用事のようね」

「切迫した話ではない。出直してもいい」

「試しは終わったわ」

と玲奈が言い、ハンセンと葛に、

「夕餉《ゆうげ》の席でお会いしましょう」

と試射が終わったことを告げた。

ハンセンが玲奈の手に接吻《せっぷん》して礼を返した。

射撃場から玲奈と藤之助が出た。

高島家はすでに闇に包まれていた。どこからか沈丁花《じんちょうげ》の香りが漂ってきた。

「稲佐山荘に一柳聖次郎と酒井栄五郎を案内した」

と、その理由を告げた。

「別離の宴を稲佐山荘とは考えたわね」

「費用がないというで、えつのところで願おうと案内したところ、うちでは大人数は応じきれぬと断られたのだ」

「えつがおけいのところに口添えしたってわけね」

「この一件、そなたに断りもなしに決まったでな、詫《わ》びにきた」

「詫びなんて必要はないわ」

玲奈は高島家屋敷の高台に立つ洋館に藤之助を案内していった。

「夕餉を食していく」

「いや、酒も残っておるし、腹も減ってはおらぬ。それに長崎滞在も残り少なくなった、出来るだけ伝習所宿舎で過ごそうかと思う」

「あら、玲奈と一緒にいるのが嫌なの」

「馬鹿を申すでない」

玲奈が玄関ロビーで藤之助の唇を奪うと、

「冗談よ」

と言った。

「夕餉に招待するのは諦《あきら》めたわ。私が仕度をするのを待つくらい付き合ってくれるわね」

「それは構わん」

玲奈は居間に藤之助を誘うと隣室に消えた。

藤之助は、長椅子に腰を下して洋館から望める長崎湾の明かりを見た。阿蘭陀船の姿がなく唐人船の光だけで寂しかった。その代わり、出島《でじま》の阿蘭陀屋敷に煌々《こうこう》と明かりが点《とも》っていた。

上海からの訪問者と格別な明かりは関わりがあることか、藤之助はそんなことを考えた。

「藤之助、黄大人に会った」

と隣室から着ていた服を脱ぎ捨てる衣擦《きぬず》れとともに、玲奈の声が聞こえてきた。

「いや、この数日は会っておらぬ」

「老陳から賭け金が届いたそうよ。おらんさんはあなたを本気で殺しに掛かっているわ」

「此度の戦い、負けるわけにはいかぬ。それがしの代わりに駒札を用意したのは黄武尊大人だからな」

「老陳と黄大人ではまるで生き方が違うわ。だけどこの二人が手を組むと列強とは違った脅威になる」

「いかにもさよう。一命に代えても阻止せねばならぬ」

「ならば、藤之助、無駄な迷いなどは捨てて短銃を携帯しなさい、長崎のため、玲奈のためによ」

藤之助は直ぐに返答が出来なかった。

「老陳一味も必死よ、聞いているの」

「聞いておる」

今度は玲奈が沈黙した。

「どうした」

「手伝って」

藤之助は隣室への開き放しの扉に立った。すると黒い下着姿の玲奈が背中の紐《ひも》を解《ほど》こうと苦戦していた。

暖炉がちろちろと燃えて、夜の寒さを防いでいた。

「紐がなかなか解けないの」

藤之助は一瞬立ち竦《すく》んだ。

「早く、お願い」

藤之助が背の紐を摑んだ。するとするりと玲奈が藤之助へと向き直り、

「夕餉の時刻まで時間があるわ」

と微笑《ほほえ》むと腕を藤之助の首に回した。

「おらんさんが藤之助に憎悪を抱く理由が分かる」

「瀬紫《せむらさき》だったころの間夫《まぶ》がそれがしの旧主座光寺左京《さきょう》だ、その者を手に掛けたのはこの藤之助だ。以来、おらんと名を変えた女との戦いが始まった」

「藤之助、おらんさんはね、ただ今の座光寺家当主藤之助為清《ためすが》に関心があるのよ」

「憎しみという関心がな」

「憎しみがいつしか自分のものにしてみたいという愛情に変わったかもしれない」

「そんな馬鹿なことがあろうか」

「藤之助は女心をまだ知らないわ」

玲奈が藤之助の唇を自らの唇で奪おうとした。

「そなた、亭主を誘惑する気か」

「亭主を誘惑して悪いという法はないわ」

藤之助は薄物一枚に覆《おお》われた玲奈の体を抱くと寝室に向かった。

三

別離の宴のその日、朝稽古《あさげいこ》が一段落ついた刻限、一柳聖次郎が矢田堀景蔵を伴い、藤之助の傍らにきた。

観光丸で二泊三日の実習航海に出ていた矢田堀らは前日の夕刻、長崎大波止に無事帰港していた。

「矢田堀様方にご了解を得た」

別離の宴を稲佐山の稲佐山荘で開く話だ、と藤之助は思った。

「座光寺先生、そなたの知り合いを頼ってしまった。造作をかける」

矢田堀は藤之助より五、六歳年上のはずだが、剣道場では先生として遇してくれた。

「それがし、ただ口利《くちき》きをしただけにございます」

「まあ、それがしも座光寺先生も送られる側じゃが、伝習所では世間とは反対に正客のほうが働くようにできておるらしい。それがし、一柳から金集めを仰せ付かった」

「それはまた損な役回りですな」

「足が出た折、女主人に頭を下げるのはそれがしと座光寺先生のようじゃぞ」

と矢田堀が笑った。

「すべて航海の仕度は整いましたか」

「昨日までの航海でなすべきことはすべて試した」

「万全ですね」

「そなたなら理解つこう。海は千変万化《せんぺんばんか》刻々と様相を変える。その折、頼りになるのは海をよく知った船頭と水夫《かこ》だ。昨日までの航海には阿蘭陀人士官が乗り込んでおられた。だが、此度の航海には海を知り、艦を熟知した教官はおらぬ。われらの未熟な経験と知識のみで応じねばならぬ」

聖次郎は二人の話が直ぐに終わらぬと見たか、黙礼して二人の傍らを離れた。

「航路は決まりましたか」

長崎と江戸を往来する千石船《せんごくぶね》は当然沿海航路を選んでいた。

その代表的な安全航路の一つは、江戸湾を出て三浦《みうら》半島城ヶ島《じょうがしま》を回り込んだ船は相模灘《さがみなだ》、駿河《するが》灘、遠州《えんしゅう》灘の各湊《みなと》に立ち寄りながら紀伊《きい》半島潮岬《しおのみさき》を回り込んで、瀬戸内海に入った。さらに内海を兵庫、室津《むろつ》、牛窓《うしまど》、鞆《とも》、蒲刈《かまがり》、上之関《かみのせき》、下之関《しものせき》、芦屋《あしや》、唐泊《からどまり》、名護屋《なごや》、平戸《ひらど》、面高《おもだか》を経て長崎に着く。これが代表的な航路だ。

藤之助らが江戸丸で長崎に来た海路である。

その二は、紀伊半島に到達した船を四国の徳島に渡し、室戸《むろと》、高知、中村《なかむら》、宇和島《うわじま》と四国南海岸を回り込んで、佐賀之関《さがのせき》で九州に到着し、日向《ひゅうが》、薩摩《さつま》と沿海を南下し、今度は熊本、柳川《やながわ》と北上して、諫早《いさはや》、島原《しまばら》を経て長崎に到達する航路である。風の具合によっては江戸から一気に南下できる。だが、一旦《いったん》海が荒れると外洋に流される危険があった。

日本人伝習生だけで操船される木造外輪汽船観光丸は、長崎から江戸までの無事安着が第一の使命だ。同時に矢田堀らは、長崎から江戸まで最短で到達したいという野望を秘めていた。

そのことを承知していたから藤之助は聞いたのだ。

「悩んでおり申す」

矢田堀景蔵の操船に幕府海軍の面目が託されていた。わずか五百トン余りの木造外輪砲艦だが、その動きに列強各国が注目していた。

矢田堀にとって江戸安着まで神経が休まる日はないと想像された。

「無礼を承知で申し上げて宜《よろ》しゅうございますか」

「なんなりと」

「矢田堀様方は連日連夜必死の操船訓練を重ねられた。わずか二年の伝習所での勉学にござろうが、平時の何倍もの緊張を持っておこなわれたのです。必ずや矢田堀様方の五体が覚えており申す。自信を持って操船指揮をなされよ、なんの心配がありましようや」

「座光寺どのと話せてよかった。そなたは列強の砲艦も上海も承知のお方だ。心強いお味方かな」

矢田堀は藤之助が蟄居《ちっきょ》の二月《ふたつき》を利用して上海に出たことを承知のようでいった。藤之助は否定も肯定もしなかった。だが、矢田堀は気にする風もない。

「座光寺先生、観光丸には初代伝習所総監の永井様と座光寺先生が乗船なさいますがな、その他、大目《おおめ》付《つけ》支配下の町村欣吾《まちむらきんご》どのが同乗なさって江戸に戻られることが決まりました」

矢田堀の語調が微妙に変わって藤之助に言った。

「おや、町村どのは大目付宗門御改《しゅうもんおあらため》大久保《おおくぼ》様の死の真相を探りに江戸から長崎に参られたと聞いておりますが早《はや》御用はお済みですか」

「町村どのは、奉行所内で御用聞き佐城《さじょう》の利吉《りきち》なる者と大久保様の検死をなした者全員に面談して聞き取りを行っておられたそうな。それが一段落付いたゆえ、急ぎ江戸へ帰着すると聞いております」

「それはご苦労なことでございますな」

藤之助は稲佐山の狩りの折、披露した弓射の見事な腕前と温厚そうな口調を思い出していた。

「座光寺先生には余計な節介と存ずる。じゃが、あの者、一見《いっけん》穏やかにみえる表情の下に苛烈《かれつ》な大目付与力の貌《かお》を隠しているようでならぬ」

矢田堀の言葉は親身に溢《あふ》れていた。

「観光丸は千石船に比べれば大きいとは申せ、列強の大型砲艦に比べればいささか小さな五百トンの船にござる。狭い船の中で何事も起こらねばよいがと案じており申す」

矢田堀は自らが操船する船内での、

「事故」

を案じていた。

「矢田堀様、海に乗り出すとは大変な作業にございますな。まして船頭を仰せ付かった矢田堀様の気苦労お察し申す。じゃが、この一件杞憂《きゆう》にございましょう」

矢田堀も藤之助が大目付大久保純友《すみとも》を暗殺したと推測して、江戸に呼び戻される航海中になにか起こらぬか案じているのだ。

「大久保様の死は、南蛮人剣士との戦いでの結果と、それがし聞いております」

「全て終わったことと申されるか」

「座光寺先生は肝《きも》も腹も太うございますな」

「いかにも」

と笑った矢田堀が、

「この長崎奉行所内部にも大久保様を通じて江戸の幕閣に繋《つな》がった方々がおられます。杞憂かも知れませぬが、用心に越したことはございますまい」

「矢田堀様のご忠言、藤之助、肝に銘じます」

「お節介でしたな、じゃが、座光寺先生と直《じか》に話ができてようございました」

小十人組の軽輩から長崎海軍伝習所第一期生に選抜され、抜擢《ばってき》されて観光丸を江戸に回航させる役目を命じられた矢田堀がどこか安堵《あんど》の表情で言った。

「それがし、矢田堀様の操船される観光丸に乗船できることを楽しみにしております」

藤之助の言葉に矢田堀が頷《うなず》いた。

この日、大波止沖に停泊する観光丸の大掃除が行われ、明朝から荷積みが行われて三月四日未明の出船を待つことになる。

藤之助はその昼下がり、伝習生ら総出での大掃除を大波止から眺めて、町へと足を向けた。

一通の文に誘い出されたのだ。

二月も今日で終わり、すぐ三月の声を聞く長崎に降る光は明るさを増していた。

藤之助が向かった先は丸山《まるやま》・寄合町《よりあいまち》、遊里だった。

長崎で名高い丸山遊女は阿蘭陀船、唐人船の入津《にゅうしん》が一番盛んだった元禄《げんろく》期に千四百四十三人と一番多かった。

だが、幕末に近付くにつれ、その数は最盛期の三割から四割に減じていた。それでも丸山遊女の名は高く、遊び代は一両ほどと高価なものであった。

藤之助が立ち寄ったのは丸山遊郭の中でも格別に格式が高い引田屋《ひけたや》であった。

「おや、伝習所の剣術の先生やなかね」

藤之助の異人と見紛《みまが》う巨軀《きょく》を認めた遊女が格子窓から声をかけてきた。昼見世《みせ》のせいでなんとなく引田屋も遊女たちものんびりとしていた。

「覚えておったか」

「稲佐の万願寺《まんがんじ》の押し込めが終わった時にくさ、私ら、座光寺様を湊《みなと》まで迎えに参りましたろうもん、当人は覚えておらんね。私ら、なんのために華ば添えたとやろか」

「おお、あの節は造作をかけ申した」

藤之助は腰を折って格子窓の向こうの遊女に一礼した。

「今日は長崎の名残《なごり》に引田屋に遊びにきたとね」

「まあ、そんなところか」

番頭が藤之助の傍らに来て、

「ご案内しまっしょ」

と声を掛けた。

「なんや目当てがあって来なさったとね」

番頭に案内されて入った二階座敷に江戸の生まれと推測される遊女あいが待っていてすでに膳部と酒が用意されていた。

「久しぶりかな」

「江戸に戻られるそうですね、長崎が寂しゅうなります」

「宮仕えの身、命《めい》とあらばどこへなりとも参らねばならぬ」

藤之助はあいの傍らの席に着いた。

「座光寺様ほど宮仕えの言葉が似つかわしくないお方はおられませぬ」

「さようか」

「万願寺押込めを利用して上海に出られたのは長崎じゅうが承知です。あれも命にございますか」

遊女らの情報網は迅速《じんそく》にして精確だった。

「さあてのう」

「高島の嬢様と一緒でっしょうが」

と睨《にら》んだあいが、

「まずは別れの盃《さかずき》ば飲みほしなっせ」

とお椀の蓋《ふた》を藤之助に握らせ、酒を注いでくれた。

「頂戴《ちょうだい》しよう」

藤之助は阿片《あへん》騒ぎの折に顔見知りになった遊女の酒を悠然と飲み干し、あいに蓋を渡して今度は藤之助が酒を注いだ。

「相手が高島玲奈様ではなければ引田屋のあい、張り合うものを」

と嘆息すると藤之助の注いだ酒を飲み干した。

「座光寺藤之助どの、長崎に戻ってこられような」

とあいが侍言葉に茶化して聞いた。

「正直申せば長崎に後ろ髪を引かれての離任となる。それがしが幕臣である以上、命には逆らえぬ。だが、幕府が消えた暁《あかつき》は」

「玲奈様のいる長崎に戻ってこられますな」

藤之助はしばし思案した末に頷いた。

「必ずや」

「座光寺藤之助、女泣かせよのう」

と冗談に紛らせて嘆いたあいが、

「座光寺様、この丸山の裏手に正覚寺《しょうかくじ》があるのをご存じですね」

「大目付大久保様が殺された場所ゆえ承知しておる」

「その寺にこのところ通いづめに通われておられる武家がおられます。町村欣吾様と申されるお方です」

「大久保様の事件を探索に江戸より派遣されてこられた御仁《ごじん》じゃな」

頷いたあいが、

「丸山にも参られ、私らや客に根掘り葉掘り聞いておられます」

ほう、とだけ藤之助は答えた。

「驚かないの」

「なぜそれがしが驚かねばならぬ」

「この楼ではございませぬが、私の知り合いにおこまさんと申される女郎がおられます。私とはともに江戸の生まれというだけで楼の外での付き合いがございます」

あいの話柄《わへい》がさらに変わった。

「おこまさんの馴染みに佐賀藩長崎屋敷の中間頭《ちゅうげんがしら》、先手《さきて》の専次郎《せんじろう》という勇み肌の兄いがおります。江戸屋敷から六、七年も前に長崎にやってこられた方です。この専次郎さんが大久保様の亡骸《なきがら》を最初に見つけたとか」

「待て、確か朝方に寺の青坊主が大久保様の亡骸を見付けたのではないのか」

藤之助は驚きを抑えて問うていた。

「いえ、専次郎さんらしゅうございます」

「なぜ奉行所に届けぬ」

「面倒に巻き込まれるのを嫌がった、というのは表向きの理由にございましてな。おこまさんには寝物語に大目付を殺したのは南蛮人剣士じゃねえ、長崎で知られた侍がやったことだと洩《も》らしたとか」

「そいつはどうも」

「驚かないの」

「町村どのはそれがしと一緒に観光丸で江戸に戻られる」

「専次郎も町村様に先だって長崎街道を江戸に発《た》つそうよ」

「なんのためにか」

「江戸の大目付屋敷で真の下手人を告発するためよ」

とあいが言い切った。

「驚きいった次第かな」

「と言うわりには驚いてないわね、先手の専次郎、叩けば埃《ほこり》がいくらも出る身よ。江戸から長崎に都落ちしてきたのにもそれなりの理由があってのことと思うわ。大目付屋敷で告発する代わりに江戸での咎《とが》を帳消しにしてもらう魂胆なのよ」

あいの説明は微細を極めていた。

「考えたな」

「おぬし、呑気《のんき》じゃな、よいのか」

と再び言葉を冗談に塗《まぶ》したあいが、

「専次郎は今宵《こよい》おこまさんと名残りを惜しみ、明日の未明に日《ひ》見峠《みとうげ》を越えるわ」

と藤之助の耳元に口を付け、唆《そそのか》すように告げた。

「なにかあればおこまさんが悲しもう」

「私が座光寺様の知り合いと承知で話してくれたことよ。おこまさんには遊女と客の間以上の関わりがないの。それより座光寺藤之助様が長崎で果たした役目を大事に思っている人なの」

あいの言葉が吐息と一緒に藤之助の耳たぶに流れてきた。

日見峠、未明の闇が暗く覆っていた。

藤之助は峠の茶屋に一刻も前から潜んでいた。峠下に提灯《ちょうちん》の明かりがゆらゆらと見えた。

長崎を立った旅人が日見峠を越える明かりか。

藤之助には未だ決心がついてない。

専次郎が大久保純友と藤之助が立ち合う姿を目撃したとしても、それを専次郎が江戸の大目付屋敷で証言するとしても、口を封じる行動をとる決断がつかないでいた。

藤之助の耳に規則正しい足運びの音が聞こえた。旅慣れた者の足音だ。

藤之助は立ち上がった。

三度笠に唐桟《とうざん》の着流し、肩に振り分け荷を負った男が片手を懐《ふところ》に突っ込んですたすたと藤之助の前を通り過ぎようとして、
ぎょっ
として足を止めた。

闇が薄れて、朝の気配がそこまで忍び寄っていた。そして、代わりに長崎の町の方

から朝靄《あさもや》が薄く這《は》い上がってきた。

「てめえは、座光寺藤之助」

「先手の専次郎じゃな」

ふうっ
と専次郎が息を吐いた。

「だれが売りやがったか」

と自問するように呟《つぶや》き、身構えた。

「売られるべきことを持ち合わせておると申すか」

「大目付大久保純友様をおめえが南蛮人の剣法に似せた技で仕留めやがった」

「それをそなたは見たのじゃな」

「あの夜、馴染《なじ》みの女郎がうるさく引き留めるのを振り払って正覚寺の石段の下に通りかかったと思いねえ」

「…………」

「大久保様が誘いをかけて身を引かれた。てめえが石段を飛び上がったと同時に鋭い気合いが呼応して悲鳴が上がり、短い撃剣の音が響いてきて大久保様の体が翻筋斗《もんどり》打って石段を転がり落ちてきた」

「そなた、それがしが斬った瞬間を見ておらぬのか」

「たしかにその瞬間は石段下からは見えねえ。だがな、石段の途中に立つおめえが小《こ》鉈《なた》を投げて大久保様の配下を始末したのも、大久保様が転がり落ちた直後にてめえが血に濡れた刀を片手に下げて大久保様の断末魔を見届けるように見下ろす姿も目に留めたぜ。座光寺藤之助、江戸に戻れば交代寄合《こうたいよりあい》座光寺家は断絶、身は切腹しかあるめえ」

と専次郎が勝ち誇ったように言った。

その時、

「長崎に残られるって手があるよ」

と峠下から女の声がした。

愕然《がくぜん》と専次郎が振り返り、

「てめえか、おれを裏切ったのは」

と吐き捨てた。

藤之助もあいが朝靄の中に浮かぶ姿を目に留めた。

「さんざおまえの玩具《おもちゃ》になるのが嫌になったのさ」

「すべた女郎め、客を売るとはいい度胸だぜ」

「なにが客だい、まともに揚げ代を払ったことがあるかい。反対に私の稼ぎをいくら持ち出したえ」

専次郎の手が懐からいきなり抜かれ、回転式弾装のフリント・ロック・リボルバーの銃口があいに向けられ、銃声が響いた。

「おのれ」

きりきり舞いにあいが倒れるのを見た藤之助が一気に間合いを詰めた。

藤源次助真が腰間《ようかん》から鞘走《さやばし》るのと、専次郎のリボルバーが藤之助に向けられるのが同時だった。

だが、藤之助の怒りが助真の斬撃を鋭いものにしていた。

リボルバーを突き出す右手を肘《ひじ》から両断すると、さらに踏み込んだ藤之助の二の手が専次郎の首を刎《は》ね斬《き》っていた。

一瞬の間だ。

げええつ

と血飛沫《ちしぶき》を日見峠に撒き散らす専次郎を確かめた藤之助はあいのもとに走った。

「あい」

長崎街道の石畳にうつ伏せに倒れたあいの顔が必死で上げられた。

藤之助は両腕にその顔を抱いた。

「そなた、作り話などなぜなした。江戸から流れてきたおこまなんて遊女は丸山におらぬのだな」

「専次郎め、一人で江戸に戻る気なんですよ」

「そなた、専次郎と古くからの知り合いか」

こっくりと頷いたあいが、

「あいつに弄《もてあそ》ばれて長崎の地で暮らしていくのに飽きちまったんですよ。座光寺様、私と専次郎を旅人に見つからないところに運んで下さいな」

死にいく身のあいは、藤之助の身にまで気を配った。

「あい、それがしがなにかなすべきことはないか」

「ございませんよ。ただ江戸は深川万年町海辺橋《ふかがわまんねんちょう》に、もう一度帰りとうございました」

と洩らすと、あいの顔が藤之助の両腕からがくりと石畳に落ちた。

四

観光丸が長崎を出港して江戸を目指して航海する前日の昼過ぎから、対岸の稲佐山の料理茶屋稲佐山荘に送る者、送られる者、伝習生有志一同が会して別離の宴が賑《にぎ》やかに行われた。

宴は二刻ほど続き、果てた。

最後に長崎に残る伝習生第一期生にして重立取扱《じゆうたつとりあつかい》という奉行所要職に就いていた勝麟《かつりん》こと勝麟太郎《りんたろう》が別離の言葉を贈った。

「われらが海軍魂を培《つちか》い、汗を流した観光丸が矢田堀景蔵どの方日本人だけの手で江戸に回航され申す。海路四百五十余里、壮途悠遠なる初めての航海かな、おそらく行く手には予期せぬ危難が待ち構えておろう。じゃが、長崎に残るわれら同志一同、江戸安着を努々《ゆめゆめ》疑ってはおらぬ。この二年、彼我《ひが》の差を埋めるべくわれら血へどを吐くほどの訓練に耐えてきたのでござればな。この勝、壮途に就かれる同志方に約定申す。異人の力を借りずしてわれらの手だけで波濤万里《はとうばんり》かなたの異国まで船を運ぶ。その折、この観光丸の航海がいかに日本海軍史に大きな足跡を刻んだか、そして礎《いしずえ》になった船出か、世間が知り申そう」

と宣言した勝麟に、

おおっ！

というどよめきにも似た声が和した。

　勝麟が胸を反《そ》らせ、片手を腰に当て、
「肥前長崎より海路四百数十余里
友の手にて蒸気船江戸へ出船す
若き志士の胸中を知るは海と空
いつの日か、会さん異郷の津々
復甕《またかめ》を割りて酌《く》み交わさんや」
と即興の五行詩を詠《えい》じ、全員が繰り返して宴が終わった。
稲佐山荘に最後まで残ったのは藤之助だ。
おけいが藤之助を労《ねぎら》い、あまり酒を口にしなかった藤之助の前に新しく淹《い》れた嬉野《うれしの》茶《ちゃ》を供した。
「ご苦労にござんした」
「なんの、それがし、ただ席に座していたに過ぎん」
　藤之助は、
「酒食の代価が足りなかったであろう。ここに十両ある、長崎を去る身には要もない金子でな」
　とおけいの前に差し出した。

聖次郎らが予想したよりも倍の人が稲佐山に集まったのだ。当初予算を組んだ金子で足りるわけもない。そのことを聖次郎ら世話役は気にしたが、藤之助は酒を絶やすことはさせなかった。

「玲奈嬢様から申し付かっておりますもん。座光寺様が気にせんでよかこつですたい」

おけいは受け取ることを拒んだ。

「玲奈どのにはあれこれと世話になりっ放しでな、最後の尻ぬぐいくらいさせてくれぬか」

と渡した。

「玲奈嬢様に叱《しか》られます」

と応じたおけいが、

「お待ちにございますばい」

と蜜柑園の中に立つ玲奈の隠れ家の方角を見た。

「長崎での最後の大掃除が残っておる」

と呟いた藤之助が藤源次助真を手に立ち上がった。

稲佐山に殺気が満ち満ちていた。

上半身裸の藤之助は、玲奈の山荘洋間で左脇下に吊《つ》るした革鞘《ホルダー》に馴染みのスミス・アンド・ウエッソン1／2ファースト・イシュー三十二口径輪胴式五連発短銃を差し込み、革帯をしっかりと締めた。

足元は編上げ靴で固めた。

立ち上がった藤之助は脇差長治《わきざしおさはる》の傍らに藤源次助真を手挟《たばさ》んだ。そして、前帯にコルト・ウォーカーモデル・リボルバー、通称ホイットニービル・ウォーカー四十四口径を差し込んだ。

「仕度は終わったの」

玲奈の声は緊張を漂わして硬かった。

「心強い援護がおるでな」

「藤之助が大波止の船着場に上陸して一年余、長崎での最後の戦いが始まるわ」

「安政の大地震の夜の取立てを致す」

玲奈は黒い長衣に革長靴を履き、手にスペンサー・ライフルを携帯していた。

藤之助と玲奈は口付けをした。

「生きて戻ってくるわね」

「必ずや」

二人は蜜柑園の中に立つ山荘から闇に出た。すると春の冷気が二人の体を包み、高揚した気分をすうっと冷ました。

稲佐山荘はすでに眠りに就いていた。

藤之助は山道を下りにかかり、玲奈が藤之助の背後を守るように数間後に従った。

数丁も下がると山道は最初の九十九折《つづらお》りに差し掛かる。

蒼《あお》くも薄い月明かりがうっすらと山道を照らし付けていた。

孤影を引いて一人の剣士が待ち受けていた。

南蛮外衣に鍔広《つばびろ》帽子、藤之助が斃《たお》したバスク人剣術家ピエール・イバラ・インザーキの義弟アルバロ・デ・トーレスだろう。

玲奈が闇に溶け込むように山道から消えた。

藤之助は歩みを止めることなくトーレスに五、六間と迫った。

トーレスが南蛮外衣の片裾《かたすそ》を足で蹴り上げると外衣が虚空にふわりと浮かび、フルーレ剣がしなって夜気を裂いた。

藤之助は脇差長治を静かに抜くと左手一本に持ち替え、舞扇《まいおうぎ》でも構えるように優美に胸前に差し出した。

トーレスは藤之助の、敢《あ》えて不利の脇差を得物にした行動に驚きを見せた。だが、一瞬のことだ。

すうっ

と間合いを詰めると最初の片手攻撃を送り込んできた。軽いフルーレの切っ先が大きくしなって藤之助の顔の上から落ちてきた。

長治がそよと動き、襲いくる切っ先にただ合わされた。

トーレスは弾きつつ踏み込もうと試みた。だが、藤之助の脇差の平地《ひらち》がぴたりと吸い付いて離れなかった。

剣と脇差が吸い付いたまま両雄は攻め込み、後退した。

トーレスの動きに焦《あせ》りがあった。

なぜ愛用のフルーレの動きは封じられておるのか？

トーレスは引くと見せて踏み込み、藤之助が後退する間を利してフルーレの間合いに持ち込もうとした。だが、藤之助が飛び下がるように後退しようとしたトーレスの動きに合わせた。トーレスの視界の外で鞘走る音がかすかに響いた。

トーレスの顔に驚愕《きょうがく》が走った。

（まさか）

左手一本の脇差でフルーレ剣を制御しつつ、腰間から右手一本で抜き放たれた藤源次助真がトーレスの腹部を深々と撫《な》で斬り、山道から斜面へと落下させていた。

藤之助は動きを止めた。

すると闇の中から死の臭いが這《は》い上がってきた。

両手で血振りをした助真と長治を鞘に納めた藤之助がとった行動は奇妙なものだった。

腰から鞘ごと抜くと、山道の傍らの野地蔵の前に置いた。

素手になった藤之助は再び二丁ほど下った。

下り坂に畑から下ってくる脇道が合流していた。

その手前に蒼い月光に黄色の長衣の七人がいた。

過日、伝習所剣道場に侵入し、藤之助に戦いを挑み、敗北した少林寺派の武人の残党だ。少林寺の武名を一蹴《いっしゅう》されただけに藤之助への憎しみを募らせていた。

藤之助はさらに間合いを詰めるように山道を下り、山桜が枝を差しかける地で跳躍した。

花びらがはらはらと散った。

少林寺派の武人らは着地した藤之助の両手にクレイモア剣が構えられているのを見

た。

桜の枝に隠されていたのか。

少林寺の面々はクレイモア剣を手にした藤之助の姿に安堵の感情を見せた、素手の藤之助の行動を訝《いぶか》しく思っていたからだ。

両者の間にはほぼ十三、四間の蒼い薄闇があった。

シエーッ
少林寺派の武人の口から押し殺した気合が吐き出されて、矛、青龍刀、槍が煌《きらめ》いて一斉《いっせい》に殺到してきた。

藤之助もクレイモア剣を虚空に突き上げるとほぼ同時に走り出した。

両雄は緩やかな山道を下りつつ、道の合流部でぶつかった。

少林寺の面々が黄色の長衣を翻《ひるがえ》して跳躍した。

藤之助は、垂直の跳躍を見て、山道の右手にある岩場にまず飛んだ。その反動を利して少林寺派の七人が得物を構える群れの中へと飛び込んだ。

少林寺派にとって思いがけない方向からの反撃だった。

岩場にまず飛び上がり、その高さを利して再び虚空に跳躍した分、藤之助が高さを得ていた。

空中戦を一気に制したのはクレイモア剣だ。
刃渡り四尺の両手剣が少林寺の面々が突き出す得物に襲いかかり、
ざくっ
と青龍刀や矛のけら首を両断すると押し潰すように山道に七人の群れを叩き付けた。
七人の少林寺派の武人がかろうじて山道に下り立つと、その真ん中に腰を沈めて衝撃を和らげて着地した藤之助のクレイモア剣が円を描くように一閃《いっせん》された。
蒼い月明かりにばたばたと少林寺派の面々が斃れ伏した。
一瞬の、圧倒的な斬撃だった。
ふうっ
と藤之助が息を吐いた。
それに誘われるように立て兵庫に何本もの櫛笄《くしこうがい》を挿《さ》し込み、ぞろりとした振袖《ふりそで》の重ね着に前帯を締めたおらんが、戦いの場から二十間ほど下の山道に姿を見せた。
おらんは片手に長煙管《ながキセル》を持って一服吸った。
ふわふわ
と月光に蒼い煙が流れるのが分かった。

藤之助はクレイモア剣を山道の土手に突き立てた。

再び素手になった藤之助が片手を襟《えり》に突っ込み、おらんへ歩み寄った。

「瀬紫、長年の借り、八百四十余両を取り立てるときが参った」

藤之助にとっては、江戸吉原稲木楼の抱え女郎瀬紫として決着をつけねばならなかった。

「ぬかせ」

長煙管が突き出され、

「死ぬのは座光寺藤之助為清」

「利息は瀬紫の命で受け取る」

瀬紫の左右の闇から火閃が走った。

藤之助が路傍に飛び転がった。すると藤之助の背後からスペンサー・ライフルが火閃に向かって的確に応射され、闇にいくつもの呻《うめ》き声が上がった。

むろん玲奈のライフルが迎撃したのだ。

おらんが煙管を振った。

山道の闇が揺れてライフルやリボルバーを手にした老陳の配下十人ほどが立ち上がった。仲間を斃され、怒りを露《あら》わにしていた。

藤之助は、前帯のホイットニービル・ウォーカー四十四口径を抜くと両手撃ちで構えた。

稲佐山の中腹に銃声が重なり合って短くも交錯した。

玲奈のスペンサー・ライフルの援護を借りつつも、四十四口径の弾丸を五発続けざまに撃ち出した。

その瞬間、ホイットニービル・ウォーカーの破壊力を藤之助は、まざまざと体感した。

一発の銃弾がなんと何人もの老陳の配下たちを山道に転がしていくのだ。

銃声が止《や》んだ。

山道に独り呆然として瀬紫が立っていた。

未だ老陳一味が闇に紛《まぎ》れて配されているのを藤之助は承知していた。敢えて身を曝《さら》すように藤之助は瀬紫へと歩み寄った。

右手にだらりと、ホイットニービル・ウォーカーを下げていた。

「来るでない、寄るでない!」

真っ赤な紅の口が叫んだ。

藤之助はどこかの闇の一角に潜む老陳の姿を意識しながら歩いていた。

手が振られた。

かちゃり
五発を撃った輪胴《シリンダー》が外された。

十間の間合いで藤之助は歩みを止めた。

身を捩《よじ》った瀬紫の哀願にも似た叫びが狂笑に変わった。

藤之助は狂気に満ちた笑いが止むのを待った。

不意に瀬紫が煙管を持っていた手を突き出した。だが、いつの間にかリボルバーに替えられていた。

「愚か者めが」

と瀬紫が呟くように言った。もはや遊女の顔に哀願も笑いもなかった。

「女郎の手練手管《てれんてくだ》を使い果たしたか」

「偽為清《にせ》、手に下げた西洋短筒は撃ち尽くしておろう」

瀬紫は藤之助愛用のスミス・アンド・ウエッソンと勘違いしていた。藤之助がそう仕向けたとも言えた。

「吉原から横浜、戸田湊、長崎から鼠島、あちらこちらと引きまわされてついには上海で出会うたな。長い旅路であったわ」

「それがどうした」

「稲木楼の甲右衛門《こうえもん》どのの取立てを致す」

「空《から》の短筒でおらんが殺せると言うてか」

藤之助は右手に下げたホイットニービル・ウォーカーを揺らすと輪胴を再び、
かちゃり
と戻した。

「座光寺左京為清様の仇《かたき》を討つ」

瀬紫が小型リボルバーを突き出した。

ゆっくりと藤之助の右腕が上がり、ホイットニービル・ウォーカーの銃口が瀬紫の喉元《のどもと》に定められた。

互いはほぼ同時に引き金を絞った。

四十四口径の大きな銃声が小型リボルバーのそれを圧して瀬紫の喉に吸い込まれ、射出口に血の花を咲かせると後方に吹き飛ばした。

輪胴に残っていた最後の一発の四十四口径が瀬紫を仕留めた。

がちゃり
と闇で撃鉄を上げる音がした。

藤之助の輪胴にはもはや弾丸はない。

藤之助の背後の闇がゆらりと揺れて、玲奈がスペンサー・ライフルを構えて立ち上がった。

「老陳、ひと先ず勝敗は決したと思わない」

日本語に対してなんの返答もない。

玲奈が唐人の言葉に替えて繰り返した。

藤之助は右手のホイットニービル・ウォーカーを地面に落とした。相手の注意が空のリボルバーにいった。

その間にスミス・アンド・ウエッソン1／2ファースト・イシュー三十二口径を抜き出して構えた。

沈黙の闇の向こうから人の気配が静かに退《ひ》いていった。

安政四年（一八五七）三月四日未明、大波止の船着場から観光丸が出船しようとしていた。

「おい、聖次郎、藤之助の姿がおらぬぞ」

栄五郎が狼狽《ろうばい》した声を上げた。

「まさか玲奈嬢に溺《おぼ》れて長崎に残るのではあるまいな」

「栄五郎、座光寺藤之助が残るというのなら、われらにとって好都合ではないか」

「幕臣を辞めてどうする気だ」

「座光寺藤之助は幕臣なんて屁《へ》とも思うてないわ」

出島から鼓笛隊《こてきたい》が別離の調べを演奏して壮途の安全を祈った。

碇《いかり》が上げられ、船体中央の煙突からもくもくと煙が上がり、外輪がゆっくりと回転して進み始めた。

三檣《しょう》の横桁に第一期伝習生が並んで、白い作業帽を一斉に振って長崎との別れを惜しんだ。

大波止では椚田太郎次《くぬぎだたろうじ》ら大勢の長崎人が見送りに出ていた。

「相変わらず座光寺様は神出鬼没ですばい。最後までくさ、わっしらの予想ば覆《くつがえ》してくれますたい」

と苦笑いする中、観光丸は長崎湾口に向かった。

半刻後、高島《たかしま》と端島《はしま》の間の海峡を抜け、野母崎《のもさき》を回り込んだ観光丸は針路を南に向け直した。

離任する永井玄蕃頭尚志《げんばのかみなおゆき》は、舷側に立ち、野母崎の向こうに消えた長崎の町に最後の別れを告げた。

「総監、どこにも座光寺藤之助どのは乗船しておられませんぞ」

町村欣吾が険しい顔で報告にきた。

「さようか」

「江戸に帰着されれば新しい大目付の厳しい調べが待ち受けており申す。それを察して逃げられたのではござらぬか」

「町村どの、案じなさるな。そのうち、姿を見せられる」

「すでにわれらは大海に出ており申す」

「座光寺どのなれば泳いでも船に追いつかれる」

「総監、冗談ではござらぬ」

ぱたぱた
と風に帆が鳴る音がして観光丸の左舷《さげん》に小帆艇《しょうはんてい》レイナ号が接近してきた。

「ほれ、参られた」

永井が後方から猛然と追走してくるレイナ号を指して教えた。

観光丸が船足を緩め、一気にレイナ号が観光丸左舷に迫り、縄梯子《なわばしご》が用意された。

町村は驚きの目で藤之助と玲奈が抱擁《ほうよう》する姿を見詰めていた。

（おのれ、必ずや化けの皮を剥《は》がしてみせるぞ）

「玲奈、しばしの間、別れじゃ」

「藤之助、また会う日まで」

「嫁女、さらばじゃ」

藤之助と玲奈が口付けを交わすと、藤之助は縄梯子に飛んだ。その背に、

「愛しているわ、藤之助」

「玲奈、それがしもな」

顔を向けた藤之助も答えていた。

二人の言葉は風に千切《ちぎ》れ飛んで甲板の上で待つ人々には聞こえなかった。

第四章　鉄砲《たま》殺し

一

阿蘭陀《オランダ》国王ヴィルレム三世が将軍家定《いえさだ》に献上した木造外輪蒸気船、三檣《しょう》スクーナー型練習砲艦観光丸《かんこうまる》は、長崎を三月四日の未明に出港して二十二日後、矢田堀景蔵《やたぼりけいぞう》らの日本人伝習生の操船宜《よろ》しきをえて品川《しながわ》沖に錨泊《びょうはく》しようとしていた。

昼下がりの刻限《こくげん》だ。

品川はもはや初夏の装いがあった。海沿いの長い宿場の向こうに並ぶ寺の甍《いらか》が光に輝き、新緑が目に清々《すがすが》しかった。

観光丸が立ち寄った下田湊《しもだみなと》も夏の装いに彩られていたが、あの地で行われている亜米利加《アメリカ》総領事タウンゼント・ハリスと、下田奉行井上清直《いのうえきよなお》、中村時万《なかむらときかず》の厳しい交渉を反映してか、重苦しい空気が漂っていた。

だが、江戸は緊張の内にもなんとなく二百五十年余続いてきた泰平に甘んじている様子が窺《うかが》えた。

（列強の圧力をまともに受ける長崎とはだいぶ違うな）

藤之助《とうのすけ》にとっておよそ一年余ぶりの江戸だ。

傍《かたわ》らに人影が立った。

初代海軍伝習所総監を勤めた永井尚志《ながいなおゆき》だ。

「航海中、三度三度の食事を摂《と》り、平然として操船作業を手伝い、剣術稽古《げいこ》までこなされたのは、そなた一人であったな」

「永井様、天竜《てんりゅう》育ちにございますれば水には慣れており申す」

「川と海ではまるで違おう。そなたの心身は格別な作りと見ゆる」

永井が笑った。

二人の視界に品川の浜から漕《こ》ぎ寄せてくる御用船が見えた。その中に陣笠を被《かぶ》った武士がすっくと立っていた。

「おや、町村《まちむら》どの自らお迎えじゃやな」

と永井が呟《つぶや》いた。

観光丸は江戸湾に入り、まず浦賀《うらが》に寄港した。

早々に下船したのは大目付宗門御改与力《おおめつけしゅうもんおあらためよりき》の町村欣吾《きんご》だ。町村は観光丸に乗船した一日目の夕刻から船酔いに悩まされ、船室に籠《こも》ったきりで二十日余を過ごすことになった。

浦賀湊でそそくさと下船した町村は陸路急ぎ江戸に向かった。

「町村どの、浦賀から早馬でも飛ばされたのでしょうか。なかなかの早業《はやわざ》でございますな」

「そのような暢気《のんき》なことでようござるか、座光寺《ざこうじ》先生」

と永井が藤之助を見た。

「なにかございますか」

「長崎の仇《かたき》を江戸で必ずや討ってみせると新しい大目付筋は考えておられる。町村欣吾はそのために長崎に派遣された者ですぞ」

「討たれる相手はそれがしと」

「覚えがございませぬか」

藤之助は笑みを浮かべた顔を横に振った。

「乗船した日のことです、町村がそれがしに内々に報告したき一件がござる、大久保《おおくぼ》純友《すみとも》どのの真の殺害者は座光寺藤之助、そなたと申してな。この一件、江戸に戻り再吟味になり申す。その際、総監には一切の口出し無用に願いたいと強談判《こわだんぱん》にござった」

「大久保様は南蛮人剣士に殺されたのではございませんので」

「なんとも暢気な御仁《ごじん》よのう、驚かれる風もないか」

と永井が藤之助の顔をまじまじと見た。

御用船は停船した観光丸の右舷《うげん》へとゆっくりと接舷しようとしていた。

「あやつが申すには、正覚寺《しょうかくじ》で大久保どのが何者かに遭遇し、敗北した戦いの全てを目撃した人物があるそうな。町村は陸路、その者を江戸の大目付屋敷に急行させておるとか」

「新たな展開にございますな」

観光丸から縄梯子《なわばしご》が御用船に向かって下ろされた。

「そなたには成算があると見受けたが」

「永井様、成算もなにもそれがし、自ら好んで人を殺害する癖はございませぬ」

「大目付が待ち伏せして戦いを仕掛けたと申されるか。その方が大久保どのの性癖と合わせ考えるに得心し易《やす》いがな」

町村与力が縄梯子に手を掛け、観光丸の甲板に登り始めた。

「いえ、そのようなことは」

「なかったか」

「大久保様は南蛮人剣客ピエール・イバラ・インザーキとの尋常の勝負の後、果てられた」

藤之助は長崎が判断した大久保事件の見解を繰り返した。

「ならば、その線で押し通されよ。それがしの助言が要《い》るなれば、いつどこへなりとも出向く」

藤之助は長崎での上役に頭を下げた。

町村与力がひらりと甲板に飛び上がってきた。そして、二人を見ると、

「船酔いというものは陸《おか》に上がると治るものですな」

と言いかけた。それでも町村の顔は青白く、船旅の疲労を濃く漂わせていた。

「火急な御用は無事果たされたか」

と永井が町村に尋《たず》ねた。

「総監、改めて思い知らされました」

「江戸と長崎の遠さかな」

「いえ、座光寺藤之助為清《ためすが》様の用意周到ぶりでございますよ」

「長崎を引っ掻《か》き回した一代の快男児にござればな、破天荒《はてんこう》なれば分かるが用意周到とはなにかな」

「座光寺家の先代は左京《さきょう》為清様と申されたそうな」

町村が話題を変えた。

「われらが目の前の人物、わずか二年前まで伊那《いな》の所領地で朱印七石の軽輩者本宮《ほんぐう》藤之助と申された人物。それがなぜか安政の大地震の直後に座光寺家の当主の座に就《つ》いたとか」

「町村どの、幕藩体制の綱紀が緩んだとは申せ、家来が主《あるじ》になり代わることができようか」

「いえ、それが」

「あると申されるか」

町村が首肯《しゅこう》した。

「町村どの、そなたに申し伝えておく。交代寄合衆《こうたいよりあいしゅう》座光寺為清どのは家定様との御目《おめ》見《みえ》を安政《あんせい》二年（一八五五）十一月一日無事済まされておられる。われら幕臣、上様とのご対面が至高の主従の誓いにして忠誠の契《ちぎ》りにござる。これ以上あれこれと穿鑿《せんさく》致されるなればお手前が火傷《やけど》を致すことになる」

永井の思いがけない反撃の言葉に町村が顔を歪《ゆが》めた。

伝習所剣術教授方に藤之助を就任させるにあたって履歴を当然調べて把握していた。

「よい機会かな、聞いておこう。そなた、長崎を出た折、奇妙なことをそれがしに申されたが、未《いま》だその一件引きずっておるか」

「いえ」

「あれは妄言《もうげん》であったか」

「いえ」

矢継ぎ早の永井の問いに息を飲んだ町村が、

「完敗にございます」

「完敗とはいかなる意か」

「長崎にて大久保様が殺害された事件を目撃した人物を探し出したのは事実です。そして、その先手《さきて》の専次郎《せんじろう》と申す者を陸路江戸に先行させたのも、それがしにございます」

町村の言葉は淡々としていた。それだけに悔しさが滲《にじ》んでいた。

「大目付屋敷に長崎からの早飛脚《はやびきやく》が届いておりました。日見峠《ひみとうげ》で専次郎とあいと申す女郎が相対死《あいたいじに》しておるのが見つかったとか」

「ほう、相対死な」

沈黙が甲板上を覆《おお》った。

主橋下《しゅしょう》の操船場から矢田堀景蔵が姿を見せた。

「矢田堀様、お見事な操船にございました」

藤之助が声をかけた。

「座光寺どのには船上でも助けられ申した。陸においても強いお味方は海でも信頼に足りるお味方でしたな」

と矢田堀が大役を済ませた安堵《あんど》の表情で藤之助をねぎらってくれた。そして、

「座光寺どのの西洋長持《ながもち》、伝馬《てんま》に下ろさせますぞ」

「お願い申す」

藤之助が矢田堀に頭を下げて、永井と町村に向き直った。

「永井様、町村どの、これにてお別れ申す」

「また何れ《いず》どこかでお目にかかろう」

永井が会釈した。

藤之助は、甲板に高島玲奈《たかしまれいな》が手配した革製の西洋長持がすでに置かれているのを見

た。大型の長持は上海《シャンハイ》へ旅したときのものだ。

観光丸の荷揚げ機が作動を始め、大きなもっこに包まれた長持が虚空に上げられ、海上で待つ伝馬へとゆっくりと下ろされていった。

藤之助は、今一度永井に腰を軽く折って一礼すると、縄梯子を下りていった。

牛込御門《うしごめごもん》外、裏山伏町《うらやまぶしちょう》に入って藤之助は、

（わが屋敷に戻ってきた）

とつくづく感じいった。

この界隈での暮らしは安政の大地震の後、わずかなものであった。だが、藤之助の身辺に起こった激変もあって脳裏に深く刻み込まれていた。

品川から雇った人足二人が藤之助に従っていた。西洋長持に紐《ひも》をかけて棒を通して担《かつ》がせていた。

「屋敷はもう直《す》ぐじゃぞ」

「旦那、えらい重いが中身はなんだえ」

と褌《ふんどし》一丁の先棒が聞いた。

「さあて、なにが入っておるかのう」

「なんだえ、中身は知らないのか」

「およそしか分からぬな」

稲佐山《いなさやま》の戦いを終えた二人は、稲佐浜からレイナ号で湾を渡り、梅ヶ崎《うめがさき》の高島家の蔵屋敷に戻り、玲奈がすでに用意していた西洋長持に二挺のリボルバーやクレイモア剣などを詰めると蓋《ふた》をした。

藤之助の持ち物は大してない。江戸への荷造りをしたのはすべて玲奈だ。そして、その長持を観光丸に運んだのも高島家の奉公人らだ。

長持を送り出した二人は、再び小帆艇《しょうはんてい》レイナ号を駆って長崎湾を出ると野母崎《のもさき》に先行し、最後の時を過ごしたのだ。

「なんだえ、お侍の持ち物ではねえのか」

座光寺家の門が見えてきた。

門前は綺麗《きれい》に掃除がなされていた。

藤之助は門番の傍らに若い侍らが立っているのを見た。その一人は、山吹陣屋《やまぶきじんや》の片《かた》桐《ぎり》道場で兄弟子だった都野新也《つのしんや》だった。

「都野」

藤之助の声に新也が振り向き、じいっと夕闇を通して人足を従えた藤之助を見てい

たが、

「戻って参られましたな」

と頷《うなず》くとくるりと屋敷内を振り向き、

「藤之助為清様、肥前《ひぜん》長崎よりご帰宅にございますぞ！」

と声高らかに呼ばわった。

急に屋敷の内外が騒がしくなった。

「ただ今戻った」

「ご苦労に存じます」

都野や小姓《こしょう》相模《さがみ》辰冶《たつじ》ら若侍が藤之助を囲んだ。

藤之助は家臣たちの体付きが長崎出立《しゅったつ》前に比べてがっしりとしていることを見て取った。藤之助が始めた朝稽古を続けている結果だろう。

「このところ毎日門前にて、もうそろそろとお待ち申しておりました」

都野が笑いかけた。

「最前、品川沖に安着致したのだ」

と答えた藤之助は人足たちに、

「屋敷の玄関先、式台前まで運んでくれぬか」

と命じた。へえ、と答えた人足らが門を潜《くぐ》った。その後に藤之助らもぞろぞろと続いた。

「藤之助様！」

江戸家老引田《ひきた》武兵衛《たけべえ》のしわがれ声が響いた。

少し腰の曲がった武兵衛が式台に立ち、感激に身を震わしていた。

「武兵衛、留守中、変わりないか」

「はあ、それがしが腰を痛めて情けなき姿になったくらいで屋敷内は変わりございませぬ」

「山吹陣屋はどうだ」

「藤之助様、ここは玄関先にございますぞ」

「おお、そうであったな」

藤之助は荷を式台前に下ろした人足たちに、

「造作をかけた。品川まで気をつけて帰れ」

と礼を述べて酒手を与えた。

振り向いた藤之助の目に匂い立つような女に成長した文乃《あやの》の姿が飛び込んできた。手に行灯《あんどん》を下げていた。その明かりが文乃の顔を下から照らして白い顔をさらに白く浮かび上がらせていた。

もはや藤之助が知るおきゃんな町娘の顔ではなかった。

「おお、文乃か、息災のようじゃな」

文乃は行灯を玄関の片隅に置き、式台に三つ指を突いて座した。

「無事のご帰還祝《しゅうちゃくしごく》　着至極にございます」

他人行儀とも思えるほど丁寧《ていねい》な挨拶《あいさつ》をなした。

文乃は戸惑いを隠すために落ち着いた挙動で主《あるじ》を迎えたのだ。

「うーむ」

と答える藤之助を見た瞬間、文乃の頭に、

(もはや以前の藤之助様ではない)

という想いが駆け巡った。

女の直感だった。明らかにすべてが変わっていた。

心身ともに一段と大きく変貌していた。

もはや山吹陣屋から地震見舞いに走ってきた必死の若侍の姿はどこを探しても見当たらなかった。

藤之助の身を大きく変えた出来事が長崎で起こったのだ。それが堂々とした五体から滲み出ていた。

文乃は眩《まぶ》しくも藤之助を見た。

「藤之助様、お方様が仏間でお待ちにございます」

藤源次助真《とうげんじすけざね》を腰から抜くと文乃に渡し、式台に腰を下ろすと弥助爺《やすけじい》が桶《おけ》に濯《すす》ぎ水を運んできた。

草鞋《わらじ》の紐を解《ほど》くと濯ぎ水で足を洗った。

家臣一同が藤之助の一挙一動を見落とすまいと眺めていた。

「武兵衛、朝稽古は怠《おこた》っておるまいな」

「よう聞いて頂きました。主の藤之助様が見知らぬ土地で難儀な奉公をなされておられるのです。家来がのうのうと過ごせましょうか。朝稽古の前に藤之助様の無事を祈り、一刻の稽古は欠かさずと務めておりました」

「皆の顔も体も引き締まっておるわ」

老爺が手拭《てぬぐい》を差し出し、藤之助は受け取ると濡れた足を拭った。

式台に上がった。

「藤之助様、一段と大きくなられましたな」

と都野新也が思わず嘆息した。

「身丈《みたけ》は出たときとさほど変わるまい」

「いえ、一回りもふた回りも大きゅうなられました」

「皆の者、朝稽古楽しみにしておる」

「はっ」

と都野らが思わず主の威厳に頭《こうべ》を垂れた。

腰が曲がった武兵衛が廊下を先に進み、文乃が行灯を手に藤之助を先導するように進んだ。

「文乃、なんぞ身に変化があったようじゃな」

文乃は直《す》ぐに答えなかった。その問いは文乃が主にしたかったことだった。

「言えぬか」

「決心が付きましてございます」

「ほう、決心とはなにか」

「実家の勧めに応じて、とあるお方とお会い致しました」

「その者と所帯を持つというか」

「はい」

文乃は心の片隅に残った未練を断ち切るようにはっきりと答えた。

「目出度《めでた》い」

と藤之助が言い、

「文乃、幸せになれよ」

文乃は答えられなかった。

「お方様、藤之助様、ただ今肥前長崎よりお戻りにございます」

と武兵衛の声が廊下に響いて、

「入りや」

と養母のお列《れつ》が答えた。

二

藤之助は廊下に座して平伏すると武兵衛が障子《しょうじ》を開けた。

「養母上《ははうえ》、肥前長崎よりただ今戻りましてございます」

お列からしばし返事はなかった。

藤之助はお列の視線を感じつつ頭を下げ続けた。

「ご苦労にございましたな」

老いた声が労《ねぎら》いの言葉を告げた。

「永《なが》の留守、ご不自由をお掛け致し、申し訳なく存じます」

「不自由などなにがございましょう。そなたが長崎に滞在中、老中堀田《ほった》様のご配下陣《じん》内《ない》様が姿を見せられて過分な金子を届けていかれました。それゆえ江戸、山吹陣屋の家臣一同、餓《う》えることなく安穏《あんのん》に時を過ごせました。それもこれもそなたが身をもってご奉公に励んでくれたお陰です。礼を申しますぞ、藤之助どの」

「勿体《もったい》なきお言葉にございます」

「ささっ、お頭を上げて座敷に入りや、お列にお顔を見せて下され」

「はっ」

藤之助が顔を上げた。すると居間の奥の仏間に脇息《きょうそく》に上体を持たせかけたお列がいて、じいっと藤之助の顔を見た。

藤之助は、

「息災のご様子、藤之助、安堵致しました」

「ささっ、こちらへ」

藤之助は立ち上がると居間を突っ切り、仏間に入った。そして、歩きながらお列の体が一段と小さくなったことに思案を巡らせた。以前は脇息などに身を持たせかけて応対することなどなかったお列だった。そのことを藤之助は案じた。

お列に会釈を返した藤之助は座光寺家の仏壇の前に座し、すでに点《とも》されていた蠟燭《ろうそく》の明かりで線香に火を移し、先祖の霊に手向《たむ》けた。

合掌《がっしょう》した藤之助は、長崎よりの無事帰還をまず感謝した。

その背にお列の声が聞こえてきた。

「文乃、藤之助どのはまた一段と体が大きくなられましたな」

「お方様、お体ばかりではございません。お人柄が一回りもふた回りも大きゅうなられました」

「お方様、それがしも文乃の考えに賛同致します。若い時代とはかようにも変化するものでございましょうかな」

と武兵衛も二人の女の会話に加わっていた。

「肥前長崎のご奉公が藤之助どのを変えられたか」

「さてさて」

お列と武兵衛が言い合い、文乃が、

「玄関先でお見かけした藤之助様を別人に見紛《みまが》いました」

「文乃、それほど長崎のご奉公が厳しかったのではありませんか」

「主様にご苦労をかけて私ども暢気に暮らして参りました」

「反省せねばなりますまいな」

「いかにもさようでございますぞ、お方様」

座光寺家の刀自《とじ》のお列、江戸家老の武兵衛、それに行儀見習いに上がった文乃の三人は、そこに藤之助自身がおることなど忘れたように屈託なくも言い合った。

座光寺家は直参《じきさん》旗本でありながら、江戸と伊那谷の山吹陣屋の二重の暮らしを強《し》いられた交代寄合衆《こうたいよりあいしゅう》であった。

わずか千四百十三石の禄高で大名諸侯並みの参勤交代を数年置きに務めなければならなかった。江戸屋敷と山吹陣屋を支えるだけでも大変である。

座光寺家は、

「万年貧乏」

が合言葉のような家柄、見栄を張りたくとも叶《かな》わず、貧乏の綱渡りを繰り返すうちに主従の垣根を超えた親しい間柄が生じていた。

藤之助が座光寺家の主の地位に就き、念願の家定との御目見が無事に終わったとき、若い主に長崎行きの、

「命《めい》」

が下ったのだ。

藤之助が合掌を解き、お列に向き直った。

それをじいっと食い入るように凝視したお列が、

「武兵衛、文乃、ほんに藤之助どののようで藤之助どのとは違うような」

「でございましょう」

「なにが長崎であったのでございましょうな」

三人が藤之助を前にまた言い合った。

「養母上、それがし、紛れもなく座光寺藤之助為清にございます」

「そう申されればそのような気もしないではございませんがな」

武兵衛もしげしげと見詰め、その傍らから、

「藤之助様、なにか長崎でございましたか」

と文乃が問うた。

「文乃、江戸は長閑《のどか》でよいな」

「長崎は騒がしゅうございますか」

「異国の砲艦がしばしば姿を見せ、開国を迫っておる。長崎はその最前線基地ゆえな、ぴりぴりとしておる。それがし、此度《こたび》の船旅で豆州《ずしゅう》下田湊に立ち寄ったが、かの

地も亜米利加国のハリス総領事と下田奉行の間で丁々発止《ちょうちょうはっし》の外交交渉が行われていて、長崎同様にぴりぴりとした空気が漂っていた。そんな土地の一年余は江戸の十年、いや二十年に匹敵するやも知れぬ。いささか人を変える歳月と申してよかろう」

「藤之助様、嘉永《かえい》六年（一八五三）、浦賀沖に黒船が姿を見せましたがあの騒ぎ、未だ続いておりますのでございますか」

「武兵衛、亜米利加東インド艦隊を率いてきたペリー提督らの到来は、終わりではない始まりじゃぞ。もはや徳川幕府の鎖国令は風前の灯《ともしび》じゃ。いや、長崎ではもう事実上、ないに等しい」

「異人が町を徘徊《はいかい》しておるわけではございますまい、藤之助どの」

「養母上、阿蘭陀人は出島《でじま》に、唐人は唐人屋敷に押し込めておく時代は過ぎ去りました。阿蘭陀人も唐人も長崎の町を出歩いております」

「なんと異人がのう」

とお列が感嘆した。

「恐ろしくはございませんか」

「文乃、異人とてわれらと同じように血も涙も持った人間じゃぞ。むろん善《よ》い者もおれば悪人もおる」

「藤之助様は異人と交わってこられましたので」

「言葉が分からんでな、深く付き合ったとはいえまいが知り合いは出来た」

「藤之助どの、そのような交わりを幕府に邪教《じゃきょう》きりしたんばてれんとの付き合いありとされて幽閉の沙汰《さた》を命じられましたか」

お列が聞いた。

「まあそんなことかと」

藤之助は曖昧《あいまい》に言葉を濁した。

「お方様、長い船旅の最中、風呂に入ったとも思われませぬ。まず藤之助様に湯に浸《つ》かって頂きましょうか」

「おお、そうじゃ。ついあれこれと問い質してしもうた」

と文乃の提案に頷いたお列が、

「藤之助どの、まずは湯に入ってな、旅の汗を流しなされ」

と許しを与えた。

藤之助は久しぶりに座光寺家の内風呂に入ると上がり湯をざぶんとかけた。潮風に二十日以上も当たり、湯どころか顔も満足に洗えない船旅の後だ。なんとも気持ちがよかった。

「藤之助様、湯加減はいかがにございますな」

と釜場から弥助爺の問いが聞こえてきた。

「弥助、生き返った気持ちじゃぞ」

「船旅と聞いておりますがな」

「阿蘭陀国の国王が家定様に贈られた木造蒸気船で戻って参った」

「蒸気船と申されますと黒船のようにもくもくと煙が出ますので」

「亜米利加国の船とは比べようもないが、風がなくとも自走できる船でな、弥助が風呂を沸かすのに釜を焚《た》くように石炭を大量にくべてな、その熱で水を蒸気に変えて外輪を回して進む仕組みのようだ」

「風呂釜を船に付けて進ませますのか、異人とは不思議なことを考えますな」

弥助の気配が消えた。

湯を十分に体にかけ回した藤之助が糠袋《ぬかぶくろ》で体を擦《こす》ろうとすると、

「背中を流させて下さい」

と文乃の恥ずかしそうな声が湯屋にした。

「文乃、およしの姿が見当たらぬな」

藤之助が安政の大地震の報に江戸屋敷に駆け付けたとき、藤之助は湯屋に連れていかれ、大女のおよしの手で伊那谷からの旅の垢《あか》を擦り落とされたのだった。

あれが主《あるじ》殺しの、藤之助が座光寺家の一家臣から主に取って代わる儀式の始まりだった。

「およし様は、ただ今山吹陣屋に参られております」

「それがし一人で体くらい洗えるわ」

しばらく文乃から返事はなかった。だが、脱衣場で裾《すそ》を絡《から》げ、湯殿に入ってきた気配があった。

「藤之助様、最初で最後のことにございます」

藤之助は洗い場に座したまま顔だけを文乃に向けた。

「藤之助様、前をお向き下さい」

「最初で最後とはどういうことか」

「言葉の綾にございます」

「いや、座光寺家から辞する決心じゃな、最前の言葉と関わりがあることじゃな」

藤之助の背に湯がかけられた。糠袋が当てられ、背から擦り始めた文乃の手が不意に止まった。

「この体の傷は」

と話柄《わへい》を変えた。

「文乃、長崎で遊んでいたわけではないぞ」

「だれも藤之助様が長崎にて遊び呆《ほう》けていたなんて考えておりません」

「これらの傷は藤之助が異国を知るために払った代償じゃ、だれにも申すでないぞ」

と藤之助は口止めした。

「藤之助様、甲斐屋《かいや》に大目付宗門御改支配下雑賀五郎蔵《さいかごろぞう》様と名乗る方が参られ、娘が座光寺家に奉公に出ておるようだが、座光寺家は近々お家断絶が決まった家系、早く娘を下げんと、この甲斐屋にも迷惑がかかると脅されていかれましたそうな」

「なんと江戸でも宗門御改、暗躍をしておったか」

「藤之助様押込めと関わりがあることでございますか」

「文乃、幕府は数年と持つまい」

えっ！

と驚きを発した文乃の背中の手が止まった。

「江戸の人間には唐突に聞こえるやも知れぬ。それがしが長崎で見聞したすべてがそう教えておる。そんな最中だ、あれこれと立ち騒ぐ輩《やから》がある」

「雑賀様もその一人と」

「文乃、この騒ぎ、すでに決着した。もはやそなたの実家を騒がすこともあるまい」

文乃の糠袋が動き始めた。

「座光寺家はどうなりますので」

「幕府が崩壊する前に混乱があろう」

「戦《いくさ》が起こると申されるのですか」

「いかにもさよう。その時、座光寺家は交代寄合衆としての本分を尽くす。それだけじゃ、文乃」

「戦を止めることはできませぬか」

藤之助が今度は沈黙した。長い沈黙だった。

「手があればよいのだが」

「上様はどうなりますので、大名諸家はどうなさりますので」

文乃の問いは切迫していた。

「此度の戦、わが国が初めて体験する出来事やも知れぬ。おろしゃ、亜米利加、英吉利《イギリス》、仏蘭西《フランス》など異国の列強が複雑に絡んでのことじゃ。そのとき、上様がどう動かれるか、大名方がどうなさるか、だれにも分かるまい」

藤之助は答えつつ、その時こそ座光寺家の秘命、「首斬安堵《くびきりあんど》」を実行する時だと考えていた。

座光寺家が交代寄合衆の本分を尽くすかどうか、この一点に掛かっているのだ。その前に騒ぎが必ずや起こる。その折、判断を間違わぬことだ。

「藤之助様」

「なんだ」

「お尋ね申して宜《よろ》しゅうございますか」

「文乃らしくもない、断るまでもあるまい」

文乃は長い間迷った末に、いえ、ようございますと答えていた。

「おかしな文乃かな」

と応じた藤之助が反対に念を押した。

「最前の話の答えを聞いておらぬな」

藤之助は文乃が座光寺家の奉公を止める決心をしたのかという問いへの答えを迫った。

「後藤松籟庵《ごとうしょうらいあん》と申す茶道具を扱う老舗《しにせ》がございまして、その家の嫡男の駿太郎《しゅんたろう》様が私を見初《みそ》められ、所帯を持ちたいと仲人を介してうちに申し込みがございました」

文乃は廊下での短い会話を補足するように言い出した。

「最初は気にも留めませんでしたが、小僧の則吉《のりきち》が駿太郎様の身辺を探って参りまして、お嬢さん、駿太郎様は生涯にお一人の方に間違いございません。一度お会いしてみてはと勧めてくれたのです」

「仲人の口より小僧の言葉に動かされたか。文乃らしいな」

文乃が桶の湯を藤之助の背にかけて垢を落した。

「さっぱり致した」

と応じた藤之助は、

「会うた駿太郎どのの印象はどうであったな」

「私には勿体《もったい》無いほどのお方でした。他家に奉公を経験されていたこともございまして思慮分別を持った大人《おとな》にございますし、落ち着いたお方にお見受け致しました。そう正直申し上げますと、そのような返答はおよそ断りの文句と笑みを返されて、文乃の気持ちが傾くまで何年でも待つと申されました」

「その言葉を聞いただけでも駿太郎どののお人柄が分かる」

「はい」

文乃が返答した。

「文乃、武家屋敷に行儀見習いと称して奉公する時代は終わった。武家が武家として生きられるかどうか、厳しくも問われる時代が到来する。その折は、しっかりとした考えと、手に確かな職を持つものだけが生き残る。商いを志《こころざ》すものも道を誤ってはならぬ。駿太郎どのは、思慮分別に優れたお方のようだ。そなたの生涯を託するに相応《ふさわ》しいお方とお見受け致した」

藤之助の言葉を文乃は黙って聞いた。

「文乃、何事も駿太郎どのとよう話し合うて今後のことは決めよ。座光寺家は、いつどのようなことでも受け入れる」

「有り難き幸せに存じます」

と答えた文乃が、

「藤之助様、駿太郎様に会うてはくれませぬか」

「いつどのようなことでも受け入れると申したぞ」

「必ずですよ」

と念を押した文乃が洗い場から脱衣場に上がった気配がした。

藤之助は湯船に身を浸けた。

ざあっ
と湯が湯船の外に流れ、藤之助は、

「わが屋敷に戻った」

という気持ちになった。

「藤之助様」

いなくなったと思った文乃の声だけが脱衣場から響いた。

「長崎でお好きな人と巡り合われましたな」

その言葉を残して文乃が湯屋から気配を消した。

藤之助は両手に湯を掬《すく》い、ごしごしと顔を擦り上げた。すると玲奈の顔が、ふうっと脳裏を過《よ》ぎり、

(長崎は遠い)

という思いに二十二日の船旅を重ね合わせていた。

三

藤之助は座光寺家の、広さ六十余坪の野天《のてん》道場に出て、家臣たちの日頃の精進ぶり

を確かめた。素足で稽古する道場の土が相撲の土俵のように固く締まり、連日の稽古の跡がはっきりと見てとれたからだ。

道場の東側には藤棚が設けられ、縁台が置かれてあった。差し詰め見所《けんじょ》の役目を果たす場所か。

藤之助は木刀を手に野天の道場の中央に立った。

この二十日余り、観光丸の甲板上で稽古は欠かさなかった。だが、大海原のうねりに合わせて揺れる甲板と不動の地面では、まるで感触が違った。

素足の足裏から大地の霊気が藤之助の体に這《は》い上がってくるようで、

ぴりり

と神経が研ぎ澄まされた。

悠然と木刀を虚空に突き上げた。

その瞬間、藤之助の脳裏に伊那谷の景色が浮かび上がり、

「流れを呑《の》め、山を圧せよ」

は心身に染み込んでいた。

息を吐き、吸い、止めた。

おおっ！

裂帛《れっぱく》の気合とともに藤之助が前進した。流れを両断し、山を砕く思いで木刀を振り下ろす。

一撃一殺。

これこそ戦場往来の信濃《しなの》一傳流《いちでんりゅう》の唯一無二の剣術思想だ。

がつーん！

耳朶《じだ》に流れが、山が砕ける音が響いた。

藤之助は一撃で世界を圧したにも拘《かか》わらず動きを続行させていた。

振り下ろした木刀を脇構えに移しつつ、斜め前方に軽々と飛躍し、仮想の敵の胴を薙《な》ぐと、横手に飛び、後ろに下がり、さらに大きく前進して四方を囲む敵を悉《ことごと》く薙ぎ倒していた。

藤之助が信濃一傳流の二の太刀として創案した、

「天竜暴れ水」

の大技だ。

四半刻《しはんとき》、藤之助は軽やかにしなやかに跳躍し、木刀を振り、間を置くことなく次なる敵に向かって動きを止めなかった。

朝稽古に出てきた座光寺家の家臣十数人が藤之助の弛《たゆ》みなく攻撃し、前進する姿に圧倒されて声もなく見守った。

藤之助は野天道場の中央に、
ぽーん
と後ろ向きに飛び下がると木刀を下ろした。

都野新也らは藤之助の息一つ弾んでいない姿に仰天していた。

そんな家臣らの見守る中、藤之助は短い間、瞑想《めいそう》して両眼を開いた。その顔には穏やかな笑みが浮かんでいた。

「稽古の邪魔を致したか」

「いえ」

と都野が答えて、

「藤之助様、剣風が変わりましたな」

と驚きの顔で言った。

「剣風が変わったとな。藤之助が藤之助で変わらぬように、それがしの剣風がそうそうに変わったとも思えぬがな」

「いえ、お変わりになられました」

と都野が言い、他の家臣ががくがくと頷いた。

「ならば、どう変わったか」

「以前の藤之助様の技は荒々しくも剛毅《ごうき》にして迅速《じんそく》にございました。ただ今拝見した天竜暴れ水はしなやかにも意表を突き、その動くところ限界なく無限の攻めを想起させて恐ろしゅうございます」

「都野新也、ちと褒《ほ》め過ぎじゃな」

と笑った藤之助が、

「試してみよ」

「稽古をつけて頂けるので」

頷く藤之助に都野新也が張り切った。

藤之助は木刀から竹刀に道具を取り替えた。

都野にとって藤之助は伊那谷の片桐朝和《あさたか》道場でも後輩であり、江戸で北辰一刀流千《ほくしんいっとうりゅうち》葉《ば》道場でも後輩だった。

だが、今や技量の差は歴然としていた。それでも互いに切磋《せっさ》し合った記憶が、

「よし、藤之助を一瞬でも追い詰めて見せるぞ」

の気構えで竹刀を構えた。

「お願い申します」

と対峙《たいじ》した都野新也が、

「これは」

と身を震わせ、竦《すく》み上がった。

わずか一間半の間合いの向こうに竹刀を構えることもなく立つ藤之助が、無限の大きさで立ち塞《ふさ》がっていた。

巌《いわお》というのではない。茫洋《ぼうよう》とした大海原が広がっている印象だ。どこをどう攻めれば大海原を打ち崩せるか。

竹刀を構えた都野が動揺を心に抱いたまま動けずにいた。

「どうした、都野」

「はっ、はあ」

と答えた都野が心を奮い立たせたように体を小刻みに動かした。

「それでよい」

「はっ」

と答えた都野が、

「なにやら前に進めませぬ」

「ならばそれがしが動くがよいか」

「そ、それは」

藤之助は竹刀を正眼に構え、すすっと前進した。すると都野が、

「わあっ」

と喚《わめ》きながら後退していった。

「それでは稽古になるまい」

藤之助は元の位置に戻った。野天道場の端まで自ら引き下がった都野が首を傾げた。

「都野、道化芝居でも演じる気か。しっかりと臍下《せいか》丹田《たんでん》に気合を溜《た》めてぶつかっていかぬか」

と朝稽古の検分に姿を見せた引田武兵衛が叱咤《しった》した。

「はっ」

武兵衛の言葉が耳に入ったか、

「ま、参ります」

と自らを鼓舞した都野が竹刀を構え直して前進していった。だが、一間ほどのところで動きを止めた。

「こらっ、新也！」

堪忍袋《かんにんぶくろ》の緒を切らした武兵衛が怒鳴った。

「く、糞っ」

一旦《いったん》後ろに下がった都野が両眼を閉じると竹刀を振りかぶり、

「ややや っ！」

と奇声を発して藤之助を目掛けて突進していった。

藤之助は両眼を閉ざした都野の竹刀の振り下ろしにただ合わせて動きを止めた。

都野はなにか大きなものにふわりと受け止められたことを感じて両眼を見開いた。

波がうねり、波間を靄《もや》のようなものが漂い流れているのが見えた。

（果て無き海か）

錯乱した都野は竹刀を引こうとした。だが、竹刀は一分として動こうとはしなかった。

（このようなことがあるものか）

都野新也とて座光寺家の山吹陣屋と江戸屋敷の家臣団の中で中位以上の剣術の技量の持ち主と自任していた。それが幾度となく木刀や竹刀を交えてきた藤之助を相手に不可解極まる境遇に落ちていた。

「都野新也、眼を見開け」

と頭上から藤之助の声が降ってきた。はっとした都野が、

「み、見開いております」

「そなたは瞼《まぶた》を開けておるだけじゃぞ。心眼を見開いて虚心に辺りを見よ」

「どうすれば心眼を見開けましょうや」

「雑念を捨てよ、ただ虚心に打ち合うことを願え」

藤之助は自らの竹刀を都野のそれから外した。

なにもしておらぬのに息を弾ませる都野に、

「深く息を吸い、吐いてみよ」

と教え諭《さと》した。

はっ、と答えた都野が深呼吸を繰り返すと、

「これで平静にございましょうか」

と藤之助に問うたものだ。

「神気を溜めて竹刀を頭上に振り上げてみよ、それでよい」

藤之助は都野の竹刀が頭上に止まったのを見て、

「都野新也、天竜川の対岸を眺めるような心持《こころもち》でゆっくりと山に向かって竹刀を下ろすのじゃ」

「こうでございますか」

「見えたか、それがしが」

「はっ」

「無心にて踏み込め」

「はっ」

と応じた都野が藤之助の竹刀に向かって踏み込んできた。

その攻撃を藤之助は二合、三合と受けた。意気果敢な都野の攻めは七、八合とは続かず、自らよろけるところを軽く、
ぽーん
と肩口を叩《たた》かれた都野が野天道場に崩れ落ちた。

「新也、そなた、ふざけておるのか」

武兵衛が朱を注いだような顔で喚いた。

「ご家老、ふざけてなどおりませぬ」

「ならばなぜ真剣に藤之助様のお相手を務めぬ」

「それが藤之助様を前にすると眼に霞《かすみ》がかかったり、金縛りにあったりするのです」

「そのようなことがあろうか」

と周りを見回した武兵衛が、

「末次佐摩之助《すえつぐさまのすけ》、そなたが藤之助様の相手を致せ」

と座光寺家江戸屋敷でまず筆頭の技量を持つ徒士頭《かちがしら》に命じた。

藤之助は壮年の末次とは稽古をした覚えがない。

藤之助が江戸に出てきた折、末次は地震で潰《つぶ》れた実家の手伝いに戻っていたりして、顔を合わす機会がほとんどなかった。また藤之助の江戸屋敷逗留《とうりゅう》も短く、長崎に去っていたからだ。

「藤之助様、お手柔らかにお願い申します」

なぜ都野ほどの技量の持ち主があのような醜態を示したか。

末次は都野の独り相撲の因《いん》が分からないでいた。武兵衛に相手を命じられた末次は、虚心坦懐《きょしんたんかい》に相手を務めることを自らに言い聞かせながら座光寺家の当主の前に立った。

その瞬間、訝《いぶか》しいことが起こった。

正対しているはずの藤之助の体が異様に大きく感じられたのだ。

(そのようなことがあろうか)

迷いを振り切るように気合を発した末次は、臍下丹田に力を溜めて一気に吐き出しつつ藤之助に向かって、得意の面から小手斬りを敢行した。

気だけが先行したか、上体だけで突っ込むような攻めになった。

藤之助は面打ちを弾き、小手斬りへと移行する末次を自由にさせた。

(よし、届いた)

熟練の剣術家は動きの中で構えを修正すると鋭くも迅速な小手斬りを、身を引きながら振るった。

その動きの中で末次は見ていた。

藤之助の竹刀がゆったりと流れるように動く様《さま》をだ。

(なんだ、この動きは)

蠅《はえ》でも止まれそうな動きだった。

「よし、決めた」

引き小手が藤之助の右拳を打たんとしたとき、不動の藤之助の竹刀が優美な放物線を描きながらいずこからともなく現れ、
ぱちり
と弾いたのだ。その瞬間、末次の腰から一気に力が抜けてその場に転がっていた。

「戯《たわ》けが！」

武兵衛の怒声が飛んだ。

「も、申し訳ございませぬ」

「なにが起こった、末次」

「そ、それが」

「分からぬと申すか」

「ご家老、心中都野の醜態をせせら笑ったそれがしの未熟でござった。恥ずかしゅうございます」

「これで毎朝猛稽古をなしていたと言えるか。藤之助様になんと申し開きすればよい」

「武兵衛、そう無闇に怒るでない。毎朝、稽古を怠《おこた》らなかったこと道場の床がそれがしに教えてくれたでな」

「そうは申されますが藤之助様とまともに打ち合えぬ家来では大事の折に役に立ちますまい」

「武兵衛、剣の技を磨くはなんのためか」

「それは相手を一蹴《いっしゅう》せんがため、眼前の敵から身を守り、討ち果たすためにございましょう」

「戦国の御世《みよ》なればそれでよかった」

「ただ今では武兵衛の考え、古くなりましたか」

「今や剣では西洋の銃や大砲には到底太刀打ちできぬ」

「ならば剣術を稽古する意味がございませんので」

落ち着きを取り戻した都野新也が聞いた。

「以前に増して大事になった。それがしが長崎にて学んできたことじゃ」

「藤之助様が申されること分かりかねます。刀剣はすでに古き時代の得物じゃと申されませんでしたか」

「武器としての刀剣の時代は過ぎ去ったやもしれぬ。だがな、剣の道を極め、心胆を練ることはより重要度を増した。大砲の時代に対抗するために剣を極めねばならぬのだ。敵の圧倒的な攻撃力に身を晒《さら》し、平静を保つには肝《きも》を練り腹をしっかりと作るしかない」

藤之助の言葉に、武兵衛以下の家臣がどう受け止めてよいか分からぬ顔をしていた。

「異人の飛び道具はそれほどまでに凄いものにございますか」

と末次が聞いた。

「想像を絶しておる」

と答えた藤之助は、

「武兵衛、座光寺家は地下蔵があったな」

「大事に際しての鎧甲冑《よろいかっちゅう》を保管してございます」

「そなたら、地下蔵に待て」

と命じると藤之助は野天道場を去った。

交代寄合伊那衆座光寺家はわずか千四百十三石の貧乏旗本でしかなかった。だが、伊那谷でも江戸屋敷でも武器庫はそれなりに整ったものを持っていた。

千二百余坪の座光寺家の敷地の裏手、東南は火除《ひよけ》空地だ。そちら側に面した一角に、

「甲冑蔵」

と称される蔵があって石積みの地下に武器庫が設けられてあった。

引田武兵衛ら座光寺家の家臣十数人が壁の左右に居並び、固唾《かたず》を呑《の》んで主藤之助の登場を待ち受けていた。

地下蔵の内部は九間に四間と広く、奥行き九間の白壁を背に座光寺家先祖伝来の、「鉄砲《たま》殺し」と称される甲冑が飾られてあった。鉄砲の弾丸も貫通せぬほど頑丈《がんじょう》な甲冑という意味だ。

藤之助がやってきた。

普段着に着替えていた。

「よいか、両の手で耳をしっかりと塞《ふさ》いでおけ」

藤之助が武兵衛らに命じると何事が行われるか分からぬままに家来たちが両手で耳を塞いだ。

藤之助は鉄砲外しの甲冑に対して半身《はんみ》の構えで立った。

出入口に立つ藤之助と甲冑の間合いはほぼ九間だ。

しばし瞑想した藤之助が小袖《こそで》の両肩を抜いた。鍛え上げられた左脇下に異様なものが吊《つ》るされてあった。革鞘《ホルダー》に入ったホイットニービル・ウォーカー四十四口径だ。

藤之助が革鞘に納まった黒光りする武器を抜き出した。

あっ！

と驚いて両手を耳から外した小姓の相模辰治に、

「耳を塞げと命じたぞ」

という藤之助の叱声が飛んだ。

慌《あわ》てて相模が両耳を塞いだ。

藤之助の片腕が突き出されていきなり引き金が引かれた。

ずーん！

と腹に響くぐもった銃声が立て続けに起こり、甲冑に命中した銃弾が座光寺家伝来の鉄砲殺しを粉々に撃ち砕いていった。

全弾が発射された後も蔵の中に、
わーんわーん
と銃声の余韻が残り、ずたずたに砕け落ちた甲冑の破片が虚空に舞っていた。

長い沈黙の後、肝を潰《つぶ》した武兵衛らが耳から手を恐る恐る離した。

「末次佐摩之助、見たか。これが列強の力だ」

驚愕《きょうがく》にだれ一人として口を開くものはいなかった。

藤之助の言動は、末次のみならず座光寺家の家臣一同に衝撃を与えていた。

(新時代とはこのような凄まじいものか)

家臣の旧態依然とした武家奉公の概念を一瞬にして打ち砕いた主を、ただ呆然と見詰めているしかなかった。

四

主従は黙々と歩いて牛込御門前の外堀端《ばた》に出て、左手に折れた。

旧暦三月下旬、辺りは新緑に包まれて陽気はすっかりと初夏の様相を見せていた。

「重いか」

藤之助が後ろに従う小姓の相模辰冶を振り返って尋ねた。

「いえ」

後ろから来る前髪立ちの辰冶は、額に汗をうっすらと掻《か》いていた。背に風呂敷包みを負い、首の前で結んでいた。もはや辰冶は少年から大人へと脱しようとしていた。

辰冶が負わされていた風呂敷には八百四十余両が入っていた。

長崎の稲佐山の大勝負の後、唐人屋敷の長老黄武尊《こうぶそん》が梅ヶ崎の高島家蔵屋敷に届けてきたものだ。

二人の行く手に外堀に流れ込む江戸川に架かる船河原橋《ふながわらばし》、里の人がただ、

「どんどん」

と呼ぶ橋が見えてきた。外堀に合流した江戸川はそこで神田川と名前を変えて御城を右回りにおよそ半周して大川へと合流した。どんどんを渡りながら辰治が、

「藤之助様、座光寺家はどうなるのでございますか」

と聞いた。

戦が起こった折、座光寺家の当主に真っ先に鉄砲《たま》殺しの異名を持つ甲冑を身に着けさせる事が小姓辰治の務めと言い聞かされてきた。だが、主が長崎から持ち帰った西洋鉄砲の威力の前に鉄砲殺しはずたずたに破壊され、木っ端となって消滅していた。

「幕府が瓦解する戦乱に巻き込まれようとも生き抜かねばならぬ」

藤之助の返事は明快だった。

「徳川様はなくなるのでございますか」

「間違いなく」

と答えた藤之助が、

「よく聞け、辰治」

「はっ」

「早晩徳川様の御世は消えてなくなることは確かであろう。だが、その折、座光寺家は三百諸侯のだれよりも旗本八万騎のどの家中よりも、必死のご奉公をなさねばなら

ぬ」

「はい」

「われら座光寺家が伊那谷の山吹陣屋を徳川様より安堵されたお礼奉公、見事に務める」

と藤之助は小姓相手に宣告した。

これが座光寺家の当主としての決意だ。長崎逗留を通じて異国をいささか知った藤之助の胸中で固まった考えであり、覚悟だった。

「座光寺一族は徳川様と一緒に滅びますか」

「最後の一時までご奉公した後、われらは新たなる道を探る」

と言い切った藤之助だが徳川幕府瓦解の後、新しい政事を司《つかさど》る国体がどのようなものか想像できないでいた。

「幸いにして交代寄合伊那衆のわれらには父祖伝来の領地がある。伊那谷に戻り、再起を期すもよし、その後、新しき世界に打って出ていくもよし」

「新しき世界、でございますか」

「辰治、われら、徳川様が統治なされるこの国しか知らぬ。だが、われらが立つ地は広大無辺に広く、無数の国があり、億万の民が住んでおるのだ。長崎から波濤万里《はとうばんり》を越えいくと南蛮諸国や英吉利、仏蘭西、阿蘭陀国に達するのだ」

「そのような地に人が住んでおられますので」

「いかにもさよう」

「その方々が徳川様に代わる新しい主にございますか」

「辰治、それをなさせてはならぬ。この地、三百余州を異人の自由にさせてはならぬ」

「ならば夷狄《いてき》を追い払うのですか」

「辰治、夷狄、えびすとは野蛮な民のことを申すのであろう。長崎でそれがしは、えびすと信じてきた外国列強の考えや力を眼前にして考えを変えた。彼らが所有する蒸気砲艦、大砲、銃器、火薬など夷狄が作りうるものであろうか。時代の趨勢《すうせい》に取り残されたはわれらであった、夷狄とはわれら自身であったやもしれぬ。浦賀に入津《にゅうしん》した黒船のことは存じておるな。もはや徳川様の幕藩体制では、列強各国の砲艦を追い払い、抗すべき力などどこにもないのだ」

「どうすればよろしいので」

「異国の進んだ知識や技を学びつつ、この地を守る力を蓄えねばならぬ」

「辰治には分かりませぬ」

困惑の様子が小姓にはあった。

「長崎の一年余の逗留がそれがしに教えてくれたことだ。辰治、そなたは長崎も異人も知らぬ。一朝一夕に異国を理解せよと申しても無理であろう、軽々に答えを出す必要はない」

「はい」

と答えた辰治は首の前の風呂敷の結び目をぐいっと上げて背負い直した。

「代わろうか」

「いえ、私の務めにございます」

引田武兵衛に、

「他出致す。供に相模辰治を命じる」

と辰治を指名したのは藤之助だった。

辰治にとって主との初めての外出、飛び上がるほどに嬉《うれ》しい出来事だった。それだけに背に負った重い荷を運び通す要があった。

「藤之助様、どちらに参られますので」

「吉原《よしわら》じゃあ」

藤之助があっさりと答えた。

「吉原」

「そなた、安政《あんせい》二年（一八五五）の大地震で壊滅した吉原がその後、どうなったか知らぬか」

「仮宅から新築なった吉原に妓楼《ぎろう》や茶屋が戻ってきたと聞いております」

「そうか、再建なったか」

「藤之助様は吉原をご存じにございますか」

「それがしが知る吉原は大地震の直後のことよ。引田武兵衛に連れられて先代左京為清様を探しに参った。伊那谷から江戸に出てきたばかりのそれがしが初めて吉原で見たものはこの世の地獄であった」

「あっ」

　と辰冶が驚きの声を発した。座光寺家江戸屋敷の家臣にとって先代の左京為清から当代の藤之助為清への交代劇は、

「触れてはならぬ禁忌《きんき》」

　であった。辰冶の一歩前を平然と歩く藤之助は、わずか二年前まで山吹陣屋の一家臣、それも軽輩本宮藤之助であった。それが突然、

「座光寺家当主」

として一連の騒ぎの後、辰治ら家来の前に姿を現したのだ。

その直後、藤之助が長崎への御用を賜《たまわ》り、江戸屋敷を不在にした一年余の空白は、辰治らが新しい主を受け入れる貴重な時間となった。だが、未だ、交代劇の真相は闇の中に秘されたままだ。

それが藤之助自ら禁忌に触れようとしていた。

「辰治、そなたらも気持ちの整理が簡単にはつくまい、得心も致すまい」

「いえ、それは」

「まあ、聞け。それがしは座光寺家当主に就くことが宿命《さだめ》、天から授けられた命《めい》と自らを得心させた。家定様もそれをお認めになられた」

「われら、家臣一同、先代左京様で許されなかった御目見《おめみえ》が藤之助様に許された事実を素直に喜んでおります」

新しい座光寺家当主を受け入れたという小姓相模辰治の言葉を藤之助もまた素直に受け止めた。

藤之助は話題を吉原に戻した。

「それがしが初めて見た吉原は地獄であったと申したな、誇張ではない。大地震の後、発生した火事で廓内《くるわない》は消滅し、未だ死者が放置され、燻《くすぶ》り続ける遊女の亡骸《なきがら》もあった。それがしの座光寺家の当主就任は、あの地獄から始まったのだ」

若い主の真摯《しんし》な言葉にさらに若い家来はただ頷《うなず》いた。

「辰治、今更《いまさら》詳しい話をしたところで詮無《せんな》きことよ。それがし、宿命《さだめ》を受け入れた」

「われら家臣一同、藤之助様が天から授けられた命に従います」

うーむ、と答えた藤之助が、

「先代左京為清様が吉原にかけた迷惑、今返すときがきた」

辰治には理解つかぬことを藤之助が告げた。

「そなたが負う風呂敷包みに入っておる」

「えっ、背の荷は先代の行動と関わりがあるものにございますか」

「本日そなたが見聞致す全て、そなたの胸に終生仕舞《しま》うことになる。よいな」

「畏《かしこ》まりました」

藤之助の長崎行きには先代との絡みがあったのだとようやく辰治は気付かされた。

そして、辰冶は座光寺家主の交代劇の結末に立ち会おうとしているのかと思い至り、緊張を新たにした。

牛込御門外の屋敷から浅草山谷堀《あさくささんやぼり》に到着したとき、辰治の体は汗に塗《まみ》れていた。

藤之助は日本堤には曲がらず、一本目の新鳥越橋《しんとりごえばし》を対岸へと渡った。真っ直ぐ道を進めば千住《せんじゅ》大橋に行き着き、日光《にっこう》道中に結ばれる。

辰治は吉原に行くといった藤之助の足の運びを訝りながらも黙って従った。

若い主が歩みを止めたのは熱田《あつた》社《しゃ》の前だ。腰高《こしだか》障子に、

「吉原面番所《めんばんしょ》御用巽屋《たつみや》左右次《そうじ》」

と書かれた小粋な家だった。

辰治は看板を見て、藤之助が立ち寄った意味を悟った。座光寺家と浅草新鳥越の御用聞きの巽屋には浅からぬ因縁があることを聞かされていたからだ。

昼前の刻限だ。

掃除の行き届いた御用聞きの家は深閑《しんかん》としていた。

「御免《ごめん》」

と藤之助が長身の上体を屈《かが》めて敷居を跨《また》ぎ、広土間に身を入れて奥に訪《おとな》いをかけた。

「へえっ」

と声がして姿を見せた子分に、

「親分はおられようか。それがし、座光寺藤之助と申す」

と名乗った。

「座光寺様」

と復唱した子分の顔に驚きが走り、

「ちょいとお待ちを」

と言い残すと奥へと消えた。直ぐ足音が響き、

「まさかわっしの知る座光寺藤之助様ではございますまいな」

と叫びながら巽屋左右次が飛んで出てきて、上がり框《かまち》にぺたりと座り、藤之助の顔を見た。

「おおっ、確かに座光寺藤之助様にございますよ。長崎でのお噂あれこれと耳に入っておりました」

「親分、長い無沙汰《ぶさた》であった。昨日肥前長崎より戻った」

左右次は何度も首肯《しゆこう》するとようやく落ち着きを取り戻し、

「お役目ご苦労に存じました」

と平伏して労《ねぎら》った。そして、

「ささっ、まずは奥へと」

と願った。

「親分、こちらに上がる前に同道して頂きたいところがある。稲木楼《いなきろう》に座光寺家が負ってきた積年の借りを返しに参りたいのだ」

「瀬紫《せむらさき》の一件ではございますまいな」

「その他になんぞあったか」

「おっ魂消《たまげ》ましたぜ。座光寺様は吉原に泥を掛けて足抜けした瀬紫を未だ追っておられましたか」

「あの一件の決着が付かねば、それがしが座光寺家の真《まこと》の当主の座に就いたとはいえまい」

「驚きました」

ともう一度応じた左右次が、

「身仕度《みじたく》をする間、ちょいとだけ時間を下せえ」

と言い残すと奥へすっ飛んで戻り、

「おっ母、羽織を出せ」

と怒鳴る声が聞こえてきた。

藤之助は五十間道の両側に並ぶ引手茶屋や仕出し屋や甘味屋の賑《にぎ》わいを見つつ、大《おお》門《もん》前に立った。

昼見世《みせ》が始まる刻限だ。初夏と見紛《みまが》う光の下に広がる吉原には夜見世の幻想も官能も享楽も希薄だった。

だが、幕府が許した唯一つの御免色里、

「吉原」

の格式が厳然とあった。長崎の丸山《まるやま》を知る藤之助にとっても、吉原には一段と華やかな美と見栄と見識が垣間見えた。

「これが吉原にございますか」

藤之助の呟きに左右次が振り向き、

「そうだ、座光寺様は地獄の吉原しかご存じないのでしたな」

「死臭漂う焼け跡がそれがしの吉原にござった」

大きく頷いた左右次に案内されて大門を藤之助、辰治主従は潜《くぐ》った。

右手は吉原の自治組織、四郎兵衛《しろべえ》会所《かいしょ》、左手は江戸町奉行所隠密方《おんみつがた》の与力同心が常駐する面番所だ。

左右次が面番所に立つ同心に挨拶すると仲ノ町へと歩を進めた。

藤之助は記憶にある地獄絵図と眼前の光景を重ね合わせようとしたが、二つの景色はどうにも重ならなかった。

「死骸がごろごろ転がり腐臭漂う地獄の吉原で座光寺様は這《は》いずり回って女郎や男衆の死骸を片付けられましたな。あっしも長いこと、面番所出入りの御用聞きを仰《おお》せ付かってきましたが、お侍でそのようなことをなされたお方は、後にも先にも座光寺藤之助為清様お一人だ」

「わが屋敷の家臣猪熊《いのくまし》四郎兵衛《ろべえ》と磐田千十郎《いわたせんじゅうろう》が殺された騒ぎに関わりがあったからな」

辰冶は二人の会話を呆然《ぼうぜん》と聞いた。

伊那谷から江戸屋敷に出てきた本宮藤之助は、凄まじい経験を安政の大地震の最中に経験していたのだ。それは座光寺家のだれもが知らぬ事実だった。

仲《なか》ノ町《ちょう》から角町《すみちょう》に曲がった。すると藤之助は二階から花魁《おいらん》が通りを眺め下ろす仇《あだ》っぽい眼と出会った。

「巽屋の親分さん、お武家さんをうちの楼に案内しやさんすか」

「小梅《こうめ》花魁、訪ねる先は決まっているのさ」

と軽くいなした左右次が角町の中ほどに新築された半籬《はんまがき》の稲木楼の前で足を止めた。

「座光寺様には、お懐かしゅうございましょうとお尋ねしたくなりますぜ」

半籬の中に五、六人の遊女が座し、張り見世を覗《のぞ》く冷やかしと会話をしていた。

「初めての楼と申してよかろう。じゃが、懐かしい気持ちが湧くほど長い旅路であった」

「へえ」

と応じた左右次が玄関に藤之助主従を導き入れた。

「甲右衛門《こうえもん》の旦那、珍しい御仁《ごじん》を案内して参りました。勝手に上がりますぜ！」

と叫ぶと左右次は藤之助と辰冶を招じ上げ、大階段の向こうの帳場に案内していった。すると縁起棚を背に長火鉢の前に稲木楼の抱え主甲右衛門がどっかと座っていた。

「巽屋の親分、珍しい御仁とはだれですね」

と顔を上げ、藤之助と眼を合わせた。

「本宮様、いや、そうじゃねえ。座光寺様ではございませぬか」

と甲右衛門が慌《あわ》てたように言い直した。

「いかにも座光寺藤之助にござる、無沙汰を致した」

「まあっ、こちらへ」

と甲右衛門が三人を帳場に招き入れて、内儀《おかみ》のおたねが差し出した座布団に腰を落ち着けた。

「肥前長崎に行かれたと聞いておりましたが」

「甲右衛門どの、昨日江戸に帰着したところだ。旦那どのと内儀《おかみ》さんに受け取ってほしいものがござってな」

藤之助は懐《ふところ》から奉書紙に包んだものを出すと辰冶が背から下ろした風呂敷包みの上に載せ、甲右衛門へと差し出した。

「藪《やぶ》から棒になんでございますな」

「瀬紫の遺髪にござる」

甲右衛門が息を飲んで奉書包みを開いた。すると帳場にかすかに血の臭いが漂った。

「瀬紫は死んだと申されるので」

頷いた藤之助が、

「本月四日未明、肥前長崎稲佐山にてそれがしが確かに討ち果たした」

「座光寺様」

「旦那どの、風呂敷包みは安政の大地震の夜、それがしの旧主座光寺左京為清と瀬紫が共謀して持ち逃げした八百四十余両にござる。お調べ下され」

瀬紫の遺髪を持った甲右衛門ががたがたと手を震わせ、ぼろぼろと涙を零《こぼ》し始めた。

「親分、こんなお武家様がこの世においでになったんだねえ。あの夜以来、恨《うら》み辛《つら》みを何度重ねてきたことか。それがすうっと吹き飛びましたよ」

「座光寺様、わっしからも礼を申します、この通りだ」

と巽屋の左右次が平伏し、甲右衛門が伏し拝んだ。

「お両人、止《や》めて頂きたい、これはそなた方だけのためではないのだ。それがしが座光寺家の真の当主になるための、避けては通れぬ儀礼にござった」

と答えた藤之助の返答は、どことなく軽やかに聞こえた。

第五章　伊那帰郷

一

藤之助《とうのすけ》は江戸湾西に面した南小田原町《みなみおだわらちょう》、元紀伊藩《きいはん》下屋敷跡の沖合いに停泊する観光《かんこう》丸《まる》の船影を懐かしく眺《なが》めて、幕府講武所の門に立った。

藤之助は長崎に行く前、酒井栄五郎《さかいえいごろう》、小野寺保《おのでらたもつ》の三人で訪ねたことがあった。その時は講武所ではなく講武場と呼ばれていた。

国の内外が騒然とする最中、幕臣の先手組頭男谷精一郎《おだにせいいちろう》の発案で旗本、御家人の子弟を集め、剣術、槍術、柔術、兵学を学ぶ総合武術訓練場を幕府は、紀伊藩下屋敷に願って設けたのだ。

設立されたばかりの講武場は未《いま》だ陣容も設備も整ってなかった。

そんな折、藤之助は頭取《とうどり》の男谷精一郎、伊庭軍兵衛《いばぐんべえ》らに面会したことがあった。

当時、講武場は俄《にわ》かに普請《ふしん》されたばかり、講武場の内外観ともに落ち着きのない風情であったが、一年余の歳月を経て施設も拡充され、日本古来の武術ばかりか西洋式の射撃術、砲術訓練、操船術など西洋兵法が加えられてそれなりの充実を見せていた。

長崎から回航されてきた観光丸も海軍練習艦として講武所軍艦教授所に所属して、調練に供されることが決まっていた。

「どちらに参られるな」

と門番の侍が厳しくも藤之助に問うた。

「それがし、長崎海軍伝習所剣術教授方座光寺《ざこうじ》藤之助と申す。男谷精一郎先生に呼ばれて剣道場に通る、宜《よろ》しいか」

藤之助は長崎での役職を名乗った。未だ剣術教授方を解かれる命《めい》は受けてない以上、それが藤之助の公《おおやけ》の職掌《しょくしょう》だった。

「おおっ」

と門番の頭《かしら》が応じて、

「座光寺先生、聞いております。お通り下さい」

と許した。

「罷《まか》り通る」

藤之助が講武所剣道場に出頭せよと命じる書状を受け取ったのは、昨夕のことだ。だが、それに呼び出し人の名が男谷精一郎と書いてあったわけではない、ただ講武所剣道場との指定があっただけだ。

門番には頭取の名を出したほうが分かり易《やす》かろうと思いついて口にしたのだ。

朝稽古《あさげいこ》を早めに切り上げた藤之助は、牛込御門《うしごめごもん》外から江戸の町を西から東に突っ切るように歩いて講武所に到着したところだ。

剣道場から竹刀《しない》で激しく打ち合う音や気合が庭に響いてきた。藤之助の五体が稽古の気配に反応して、

「江戸ではどのような稽古をなさっておられるか」

と期待に胸が高鳴った。

「御免《ごめん》」

玄関先で訪《おとな》いを告げたが、だれも応じる気配はない。むんむんとした熱気が剣道場から玄関先に伝わってきて、訪いの声を打ち消した。

藤之助は、腰の藤源次助真《とうげんじすけざね》を抜いて手に下げると玄関脇に履物《はきもの》を脱ぎ、式台から三

百畳の広さの道場とを結ぶ廊下に上がった。

廊下はぐるりと剣道場を取り巻いて、玄関左右に剣道場への出入り口があった。

藤之助は右手の出入り口から剣道場に入った。すると視界の中に二百人は数えようかという門下生が必死の打ち込み稽古に没頭していた。

見所《けんじょ》は藤之助が立つ出入り口とは反対側だ。

藤之助は一礼して道場の端をゆっくりと見所に歩み寄り、神棚が見えたところで床に座して拝礼した。すると突然、
どんどーん
という大太鼓が打ち鳴らされて、打ち込み稽古の門下生が左右の板壁に引いて座した。

藤之助も板壁に下がろうとした。

「座光寺先生、そのままそのまま」

と磊落《らいらく》な男谷の声がして藤之助はその場に留《とど》まった。

「長崎での噂の数々、耳に入っておる」

見所に座す男谷精一郎頭取がいきなり声を掛けてきた。

直心影流《じきしんかげりゆう》を極めた男谷は勝麟太郎《かつりんたろう》と又従兄弟《またいとこ》の間柄であり、当然長崎からの噂は勝

麟を通したものだった。

藤之助は会釈を返しながら改めて見所を見ると、頭取の他に見知った顔が何人かいた。

剣術教授方直心影流榊原鍵吉《さかきばらけんきち》、鏡新明智流《きょうしんめいちりゅう》桃井春蔵《もものいしゅんぞう》、心形刀流《しんぎょうとうりゅう》伊庭軍兵衛ら錚々《そうそう》たる剣客が顔を揃《そろ》え、幕府要人と思える武家も何人かいて藤之助を見ていた。その中に陣内嘉右衛門《じんないかえもん》の顔が混じっているのを藤之助は見分けたとき、この場に呼び出した当人だと、推測を付けた。

「長崎海軍伝習所剣道場の伝習生らの腕前、急激に上がったそうじゃな。それもこれもお手前、座光寺藤之助どのの指導の賜物《たまもの》」

と桃井春蔵がどこか皮肉な笑みを浮かべて問いかけた。

藤之助はただ会釈を静かに返したのみだ。

「座光寺どのの腕前はわれらとて知らぬ仲ではない。長崎流の指導を披露してくれぬか」

と言い出したのは伊庭軍兵衛だ。

藤之助は一揖《いちゆう》した。

講武所剣道場に呼ばれた以上、覚悟の前だ。江戸の幕臣の大半は、

「交代寄合《こうたいよりあい》伊那衆《いなしゅう》座光寺家」など知りもせぬ。その若い当主が長崎で剣道場の教授方に抜擢《ばってき》されて就《つ》き、指導したことなど信じたくもなかった。それが真実だとしても、

「伊那の山猿がどれほどのことがあらん」

と考えている節があった。

稽古着姿の伊庭が道場を睥睨《へいげい》するように見回すと、

「これより長崎海軍伝習所剣術教授方座光寺藤之助どのに指導を仰ぐ。名を呼ばれたもの前へ」

と告げると剣道場にざわざわとした興奮の空気が流れ、直《す》ぐにそれが緊張と期待に変わった。

「村田《むらた》伝八《でんぱち》、久世《くぜ》総次郎《そうじろう》、五十土《いかづち》七郎太《しちろうた》……」

と次々に名が呼ばれて十人の猛者《もさ》が立ち上がった。どれも一騎当千の面魂の持ち主で、

「長崎の伝習所の教授方など何事かあらん」

と自信に満ち満ちた闘志を五体に漲《みなぎ》らせていた。

「その方ら、江戸で座光寺先生の名が知られておらぬと申して、いささかも手を抜く

などということは許さぬ。後で泣きを見るのはその方らだからな。覚悟を決めて稽古をつけてもらえ」

「教授方、順番はいかに致しましょうか」

と十人の選抜された一人が伊庭に問うた。六尺を優に越えた巨漢で四股《しし》もがっちりと太く、胸板厚い壮年の武家だった。

「小此木《おこのぎ》、そなたが先陣を勤めるか」

「いえ、それでは」

「後の九人に出番が回らぬと申すか」

「いえ、そのような失礼は努々《ゆめゆめ》思うておりませぬ」

「口には出さぬがその方の顔に書いてあるわ」

と言い放った伊庭軍兵衛の視線が藤之助にいった。

「座光寺どの、順番はこちらで決めさせてもらってよいか」

「伊庭先生、むろん構いませぬ」

「なんぞ注文ござれば申されよ」

藤之助は莞爾《かんじ》として笑い、

「それがしと竹刀を交えぬ内に稽古が終わってしまうと案じておられるお方もおられ

るとお見受け致す。もしよければ、それがしと皆様方の総稽古と致しましょうか」

藤之助の言葉に剣道場に騒然としたどよめきが起こった。

「注文聞き届ける」

「有り難き幸せ」

藤之助は巨漢あり小兵《こひょう》ありの十人の相手には目も呉《く》れず、その場で羽織を脱いだ。脇差《わきざし》も抜き、白扇を前帯に残しただけの姿になった。

「何奴《なにやつ》か、大言壮語しおって」

「伊那谷から一、二年前に出てきて舞い上がっておるな」

とそんな声も洩《も》れた。

「伊庭先生、道具をお借りしたい」

と藤之助が立ち上がった姿に初めて接して、

「おっ、これは」

「なかなかの偉丈夫《いじょうぶ》かな」

「なあになりが大きくても張子《はりこ》の虎《とら》ということもあるわ」

という声が剣道場に洩れた。

素手の藤之助に木刀が渡された。

指導とか稽古という領域を最初から超えていることを木刀が教えていた。

長崎じゅうを引っ掻《か》き回した座光寺藤之助の技量と肝《きも》を試さんとして企てられた、

「試合」

だった。

それが木刀の意味だ。

藤之助は木刀を手に道場の中央に進むと改めて見所に向かって拝礼し、十人の挑戦者に向き直った。

「存分に参られよ。それがしもいささかも手を抜かぬ所存にござる」

藤之助から反対に挑発された十人の血相が変わった。

「おおっ、各々方《おのおのがた》、油断めさるな」

「承知仕《つかまつ》った」

対戦する十人が藤之助を中心に扇形に囲んで、得意の構えに木刀を置いた。

藤之助は木刀を下げたまま、つかつかと前進し扇形の中に自ら入り込んだ。

訝《いぶか》しい表情を見せた十人の一人、小此木と呼ばれた門下生が仲間たちに目で合図して藤之助をさらに円に囲んだ。

一拍置いて藤之助の木刀がゆるゆると片手上段へと上げられ、虚空に屹立《きつりつ》するように立てられた。そして、もう一方の手が添えられた。

「流れを呑《の》め、山を圧せよ」

という信濃《しなの》一傳流《いちでんりゅう》の基本の構えだ。

そのかたちがなったとき、静かなるどよめきが漣《さざなみ》のように講武所に起こった。

陣内嘉右衛門は見所に、

「なんとも構えが大きいのう。それがし、見たこともない」

「あの者、身の丈が何倍にも大きくなったようではないか」

と呟《つぶや》きの声が洩れるのを聞いて満足の笑みを浮かべた。

（驚くのはこれからよ）

嘉右衛門が腹の中でほくそ笑んだ。

小此木ら十人の挑戦者たちは輪の中に封じ込めたはずの相手に威圧されて動けないでいた。

ただ木刀を突き上げただけの仕草だ。それが剣道場の空気を変えていた。

輪の中に立つ人物が無言裡《り》にこの場を支配していた。

（なんということか）

小此木は正眼の構えを脇構えへと変えた。相手上段に静かなる威圧を受けてのことだ。

「参られぬか」

と藤之助が誘った。それでも動けない。

「どうした、ご一統」

と伊庭軍兵衛が嗾《けしか》けた。

「おおっ」

「きええっ」

と気合の声を発した数人がただ静かに立つ藤之助を攻めかけ、巌《いわお》の如《ごと》く泰然自若《たいぜんじじゃく》とした姿を見て竦《すく》んだ。

「あの者、あの構えだけで威圧しておるのか」

「驚きいった次第かな」

と呟きがどこからともなく洩れて、藤之助がふうっと力を抜くと天上へと突き上げていた木刀を下ろした。

「構えを崩しおったぞ」

「なにをなす気か」

藤之助は木刀をがらりと床の上に捨てた。そして、前帯から白扇を抜き出して構えた。

「おのれ！」

伊庭門下の小此木一岳《いちがく》が脇構えを再び中段へと戻すと、

「参る！」

と声を発し、白扇を構えたのみの藤之助に突進していった。

一気に間合いが切られ、小此木の木刀が藤之助の肩を打ち砕く勢いで振り下ろされた。

その瞬間、小此木の眼前に影が飛翔して視界を塞《ふさ》いだ。

ばしり

と木刀を握った腕に痛みと痺《しび》れが走った。

うーむ

と思うたときには木刀を取り落としていた。

小此木はその場に立ち竦んだ。その視界を黒い影が縦横無尽に飛び回り、

ばしりばしり

と白扇で挑戦者一人ひとりを制圧していった。

ふわり
と藤之助が円の中心へと飛び下がって戻った。

その時、十人の挑戦者が床に倒れたり、膝《ひざ》を屈したり、叩《たた》かれた手を抱えて茫然自《ぼうぜんじ》失《しっ》していた。

「信濃一傳流天竜《てんりゅう》暴れ水、ご披露申した」

平静なる声が講武所剣道場に響き、緊迫した空気が流れた。

「座光寺藤之助どの、そなたがわれらの肝を冷やしたのはわずか一年余り前にござったな。そなた、長崎に参り、剣の極意の自由自在を修得なされましたな。男谷精一郎、感服致した」

と頭取の言葉が粛然《しゅくぜん》として道場に響いた。

「男谷先生、剣の極意など修得した覚えさらさらございませぬ。ただただ思い迷う日々にございました」

「いや、そなたの器《うつわ》が大きいのはわれら承知して長崎に送り込み申したが、確かに大きな花を咲かせなされた」

と男谷精一郎がいい、

「のう、伊庭先生」

と講武所剣術教授方に話しかけた。

「座光寺どのはわれらの予測を超えておられる。江戸の面目失墜《しっつい》などと暢気《のんき》なことは言っておれませぬな」

と男谷頭取に答えた伊庭が、

「小此木、なんぞ言葉はあるか」

と手を擦《さす》る小此木一岳に視線を向けた。

「面目次第もございませぬ。それにしても男谷先生も伊庭先生もお人が悪うござる。座光寺どのの力を承知でわれらを嗾けられましたな」

「長崎から伝わる話の数々をなんと大仰《おおぎょう》なとわれらが考えていたことが間違いであったわ。それをそなたらが証明してみせた」

「証明などと伊庭先生気軽に申されますが、われら、本日より胸を張って道場の門を潜《くぐ》ることができませぬ」

「小此木どの、つまらぬことに拘泥《こうでい》なさるな。座光寺藤之助どのは別格にござる。一年余り前、それがしも児戯《じぎ》扱いを受け申した」

と壁際《かべぎわ》の中から立ち上がった人物がいた。

男谷精一郎門下の本目《ほんめ》虎之助《とらのすけ》だ。

「本目様、真《まこと》のことで」

「それがし、本日、座光寺どのがどう変わられたか、興味津々にお手前方との対戦を拝見致した。座光寺どの、剣技剣風が変わったのではござらぬ、人間の器が大きくなられたのだ。それがし、いつの日か、座光寺どのと再戦をと、この一年念じて稽古に励んできたが、それも叶《かな》わぬ夢になり申した。もはや座光寺藤之助為清《ためすが》どのの背も見えぬ」

と本目虎之助が苦笑いした。

講武所で実力第一位と認められている本目の言葉に小此木らは返す言葉もない。

「座光寺どの、お久しゅうござる。そなた様の長崎逗留《とうりゅう》がいかに壮絶なものであったか、思い知らされてございます。それがしの稽古、甘うござった」

本目虎之助は虚心《きょしん》に述懐した。

「本目どの、武術家の挨拶《あいさつ》は竹刀にございます」

「なに、稽古をつけて下さるか」

「こちらこそお願い申す」

藤之助は竹刀を所望し、本目虎之助と向かい合った。

相正眼に構え合ったとき、藤之助は虎之助の一年余の精進を、そして、虎之助は藤之助が潜り抜けてきた数多《あまた》の修羅場を想像することが出来た。

もはや互いの実力を承知の上の稽古だ。

四半刻、講武所は二人の剣客の気骨と技の応酬《おうしゅう》に息を吐《つ》く間もないほどの緊迫感に満ちた時間が過ぎていった。

藤之助と虎之助は阿吽《あうん》の呼吸で竹刀を引いた。

「勝麟が長崎から新しい風が吹くと書状に記して参ったことがあった。それがし、それを異国が吹かす黒船風かと考え違いをしておった。座光寺藤之助もまた風の因《もと》であったか」

と男谷精一郎が恬淡《てんたん》と言うと、からからと高笑いした。

二

講武所の門を出た老中堀田《ほった》正睦《まさよし》配下の年寄目付陣内嘉右衛門の乗り物は、南小田原町を西北に突っ切り、堺橋《さかいばし》から豊後《ぶんご》岡藩中川家《おかはんなかがわけ》など武家屋敷が集まる一帯を八丁堀《はっちょうぼり》へ向かった。

堺橋を渡ったところで嘉右衛門が乗り物から下りて従う座光寺藤之助と肩を並べ、

乗り物には後から来るように命じた。

「そなたの処遇には幕閣でもあれこれあってな」

といきなり言った。

「それがし、江戸に呼び戻されたは、一時《いっとき》のことではございませんので」

「そなた、長崎に未練があるか」

嘉右衛門が藤之助の顔を見上げた。

「ないといえば嘘になりましょう。それがし、未だ伝習所剣術教授方の職掌を解かれた記憶がございませんのでお尋ねしました」

「早晩《そうばん》海軍伝習所など主な調練場は江戸に移り、外交の場も江戸が中心にならざるをえまい」

蘭癖《らんぺき》、西洋かぶれと称された堀田正睦の年寄目付陣内だ。その視野に鎖国令の廃止と開国があった。

「いや、調練場は一日の猶予《ゆうよ》も許されぬ」

と続けた陣内が、

「講武所頭取男谷精一郎どのらはそなたを講武所の教授方に迎えたいと願っておられる。じゃが、幕閣の一部では反対の声もある」

「大目付宗門御改《しゅうもんおあらため》辺りにございますか」

足を止めた陣内がじろりと、これもまた陣内の動きに合わせて止まった藤之助を見た。

「大久保純友《おおくぼすみとも》どのの一件、万々遺漏《いろう》はあるまいな」

と陣内が念を押した。

「大久保様、南蛮人剣士と尋常の勝負の上に身罷《みまか》られました」

「大目付宗門御改は信じておらぬ。そなたが斬った現場を目撃した者がおるとか、大目付の与力がその身柄を確保したとか、情報が城中に流れておる」

「長崎でもそのようなことを吹聴する人物がおると一部で噂されております」

「どうなった、その人物」

「馴染みの丸山遊女と相対死《あいたいじに》を遂《と》げました」

ふーん
と鼻で返事した陣内が、

「そなた、長崎に参って老獪《ろうかい》になりおったのう」

「だれか様の見よう見真似《みまね》にございます」

陣内が再び歩き出した。最前より足の運びが円滑になって歩きも早くなっていた。

「そなた、当分長崎伝習所剣術教授方の肩書きでおれ」

「どこにも出仕《しゅっし》に及ばずと申されますか」

「明日にも新たなお召しがあるやも知れぬ。また、数年先まで放置されるやも知れぬ。ただ今は明日のことが知れぬ時代、そなたが一番承知であろう」

藤之助が頷《うなず》いた。

二人は八丁堀にぶつかり、堀に沿って西へと上がった。

「陣内様、因州若桜藩池田家《いんしゅうわかさはんいけだけ》にどなたか知り合いはございませぬか」

「若桜藩とな、鳥取藩の分家じゃな。分家のほうに心安き人物はおらぬが本家筋には信のおける人物に心当たりがないこともない」

と陣内が事情を話せという表情で見た。

「寧波《ニンポー》で鳥居玄蔵《とりいげんぞう》どのと申される武芸者に会いましてございます」

「寧波な」

むろん陣内嘉右衛門は藤之助が清《しん》国上海《シャンハイ》に渡ったことを知る数少ない人物の一人だ。

「老陳《ろうちん》かおらんと申す元吉原女郎の瀬紫《せむらさき》が雇った刺客にございました」

藤之助は鳥居玄蔵との出会いを説明した。

「異国を流離《さすら》う武芸者と刀を交えたか」

「尋常な勝負にございました」

「で、どうした」

「鳥居どのより預かり物がございましてな。古い印傳《いんでん》の財布に入った異国の金子《きんす》と『因州若桜藩家臣桜井家《さくらいけ》、いね様旻太郎《びんたろう》様へ　清国浙江省《せっこうしょう》寧波に於《お》いて座光寺藤之助殿にこれを託す　鳥居玄蔵』と書き残された文を一緒に死に際に渡されました」

「厄介《やっかい》なことを頼まれたものよ」

と呟いた陣内が無言の裡《うち》に思案しながら歩いた。

「異国の金子はどうした」

「高島家にて小判など三十両二分と交換致しました」

うーむ、と得心した陣内が、

「鳥居玄蔵、年はいくつと見えたか」

「四十路《よそじ》を越えた年齢かと推測致しました」

「なかなかの手練《てだ》れであったろうな」

「一廉《ひとかど》の武芸者にございました」

またしばし陣内が考え事をして歩いた。真福寺《しんぷくじ》橋《ばし》を渡った二人は白魚屋敷の前を通り、東海道を横切り、比丘尼橋《びくにばし》に出た。

二人の目の前に鍛冶橋御門《かじばしごもん》が見えてきた。

「鳥居玄蔵、おそらくは若桜藩の家臣であったろうな。桜井家の娘いねと理《わり》ない仲となったが、二人の間には所帯を持つことが出来ぬ事情が介在しておった。いねが懐妊して旻太郎が生まれた。それでも二人の結婚は許されなかったために鳥居は藩を離れ、異国にまで流浪する道を選んだ」

藤之助と玲奈《れいな》があれこれと推測した想像と陣内のそれはほぼ似通っていた。

「鳥居が桜井いねと書かず、桜井家いね、旻太郎と記したところに二人の置かれている立場が垣間見えるようじゃ。下種《げす》の勘ぐりに過ぎぬゆえ真実とはほど遠いやもしれぬ。じゃが、異国にまで流れた鳥居玄蔵が死に場所を探していたことは確かであろう。そなたに出会うたは武芸者として幸運なことであった」

藤之助は沈黙を守っていた。

「文と金子をわが屋敷に届けよ。本藩池田家を通じて若桜藩の桜井いねと旻太郎に渡るように然《しか》るべく手続きを取る」

「安心致しました」

陣内が後から従ってきた乗り物を呼び寄せようとした。

「今一つお願いがございます」

「なんじゃ」

「座光寺家は交代寄合衆の一家にございます。先代以来、この何年も山吹陣屋《やまぶきじんや》に戻っておりませぬ」

「陣屋に帰ると申すか」

「なりませぬか」

乗り物が陣内の傍《かたわ》らに止まった。

「御目付に参府《さんぷ》御暇《おいとま》の願いを出せ、許しが出るようにしておく」

「有り難き幸せ」

「但《ただ》し参勤下番の道中から呼び戻されるやも知れぬぞ」

「風雲急を告げる時代にございますれば、火急の折はいかなる地へも馳《は》せ参じます」

藤之助の頭の中に下田の地での亜米利加《アメリカ》国のハリス総領事と下田奉行井上《いのうえ》らの必死の外交交渉があった。

「大久保家ではそなたへの意趣討ちに妄念《もうねん》を募らせておると聞く。純友どのの従弟《いとこ》に大久保五郎丸《ごろうまる》なる乱暴者がおるが、そのものが先陣を切るはず」

と告げた陣内嘉右衛門が乗り物に姿を消した。

藤之助は傍らに身を避けた。

「座光寺藤之助どの、そなたの出番がいずれ参る。その時まで御身大切にな」

声音と口調を変えた陣内の言葉とともに乗り物が鍛冶橋御門へと渡っていった。

藤之助は能勢《のせ》隈之助《くまのすけ》の屋敷に立ち寄るために歩き出した。


裏山伏町《うらやまぶしちょう》の屋敷に戻ったとき、待ち人がいた。

吉原の妓楼稲木楼《ぎろういなきろう》の主人甲右衛門《こうえもん》と巽屋左右次《たつみやそうじ》親分の二人で家老の引田武兵衛《ひきたたけべえ》が応対していた。

「どうなされたな」

藤之助が座敷に入っていくと甲右衛門が丁寧《ていねい》にも頭を下げた。

「過日は感激の余り、座光寺様になんのお構いも致しませんでした。お帰りになった後に気付きまして年甲斐《としがい》もないことと反省致しました」

「なんのことがござろうか」

と答えた藤之助に、

「藤之助様、それがし、この両人に話を聞かされるまで全く存じませんで、そのような大事があったとは恥を掻《か》きましたぞ」

「それはすまぬことをした」

と藤之助は座光寺家の家老に詫《わ》びた。

「稲木楼から大きな鯛《たい》と角樽《つのだる》を頂戴《ちょうだい》致しました」

と茶を運んできた文乃《あやの》が告げた。

「なに、本日は両人揃《そろ》ってお礼に見えられたか。それは恐縮じゃな」

藤之助の言葉に頷いた甲右衛門が懐《ふところ》から袱紗《ふくさ》包みを出して藤之助の前にそっと置いた。

「座光寺様、失礼の段あればお許し下さいませ。座光寺様が肥前《ひぜん》長崎の地まで追い求めて瀬紫に恨みを晴らし、あまつさえ八百四十両を取り戻した手腕にお礼を申さねばなりません。親分と話し合い、些少《さしょう》とは存じますが二百両お納め頂けませぬか」

「礼金まで頂戴できるのか」

「いえね、稲木楼では諦《あきら》めていた金子にございますよ。考えてもみて下さい、安政《あんせい》の大地震の夜から一年半近くが過ぎまして瀬紫は何処《いずこ》とも知れず姿を消したのでございますよ。どさくさに紛《まぎ》れて奪い去った金子が残っているとも思えない。第一、座光寺様がどうやって取り戻されたか知らねえが、あの金子は掻《か》っ攫《さら》われた八百四十両とは別物にございましょう」

と左右次が言い添えた。

「親分、小判に名は記してなかろう、金子はどれも同じ価値の金子と見るしかあるまい」

と藤之助が言い、

「甲右衛門どの、頂戴してよいのか」

「お納め頂けますか」

「有り難く頂戴する」

「いや、ほっと安心致しました」

と甲右衛門が安堵の表情を見せた。

「座光寺様、御用聞きの性《さが》にございますよ、お尋《たず》ねしてようございますか」

「それがしと親分一家は瀬紫を神奈川宿から豆州戸田《ずしゅうへだ》に追った仲だ、なんなりと聞かれよ」

「そうそう座光寺様にうちの兎之吉《うのきち》がお供して瀬紫を追ったのでございましたな。その折、唐人船に瀬紫は身を寄せていた様子でしたな。肥前長崎にて瀬紫と再会なされたということは、瀬紫め、未だ唐人に匿《かくま》われておったということにございましょうか」

「いかにもさようだ、親分。瀬紫の庇護者《ひごしゃ》は黒蛇頭《くろじゃとう》と申す海賊やら密輸やらで暗躍する一味の頭目老陳でな、彼らは鳥船と称される網代帆《あじろほ》を押し立てたジャンク船で清国沿岸から南はチャンパー、太泥《パタニ》、北は長崎から豆州までと大海原をわが庭のようにして暴れ回っておる」

「瀬紫は大海賊の老陳に取り入っておりましたか」

と甲右衛門も聞いた。

武兵衛も文乃も藤之助の口から初めて聞く長崎事情に興味津々の表情だ。

「老陳を籠絡《ろうらく》して情婦の一人であったかもしれぬ」

「となると、老陳なる大海賊が座光寺様に恨《うら》みを抱きはしますまいか」

と左右次がそのことを案じた。

「さあてのう、親分」

「死んだ瀬紫に未練はないと申されますので」

「そうではない。清国の事情は深刻でな、上海には英吉利《イギリス》、仏蘭西《フランス》、亜米利加が租界《そかい》と称する占領地を確保していて、常に騒乱が繰り返されておるのだ。老陳も情婦一人の生き死にに構うより、混乱の中で武器、阿片《あへん》を売り捌《さば》くことに奔走していよう」

「長崎と江戸ではだいぶ事情が違いますな」

と左右次が感心した。

「藤之助様、お話をお伺《うかが》いしておりますと、藤之助様は何度も瀬紫と申される女郎さんと会われたようですね」

文乃が聞いた。

「瀬紫からおらんと本名に戻した女と会う度《たび》に憎しみの刃《やいば》を投げかけられたぞ、幾度血で血を洗う戦いを繰り返してきたか」

藤之助の言葉は淡々としていた。それだけに真実味が籠《こも》っていた。それが文乃らの胸に届いたが、この場にある者は誰一人として、まさかおらんとの闘争が清国上海、寧波にまで及んでいようとは夢想もしなかった。

「巽屋の親分、二百両ではちと些少でございましたかな」

と甲右衛門が言い出した。

「旦那、座光寺様は瀬紫の最期を語られただけですよ」

「いかにもさようだ。二百両は過分にして座光寺家には実に干天《かんてん》に慈雨《じう》の金子だ、甲右衛門どの」

と応じる藤之助に甲右衛門が、

「座光寺様が取り戻してくれた金子で大地震の夜に亡くなった奉公人の法事を致します。これで嫌な記憶ともおさらばしとうございます」

ところもさばさばと言った。

巽屋の左右次と稲木楼の甲右衛門が戻った後、藤之助は武兵衛に、

「養母上《ははうえ》を交えて話がある」

と言った。

「ならばお方様の座敷に参りますか」

藤之助と武兵衛がお列《れつ》の居間に行くと、夕暮れ前の光の中で普段着に継ぎを当てていた。

「養母上、ちとご相談がございます」

「座光寺家の当主はそなたですよ」

と答えながらお列が針を針山に戻した。

「本日、老中堀田様の年寄目付陣内様とお会い致しました」

「講武所のお呼び出しは陣内様にございましたか」

と膝を乗り出したのは武兵衛だ。

「江戸でのご奉公先が決まりましたか」

「武兵衛、早まるな。それがしの職掌は当分長崎海軍伝習所剣術教授方のままじゃ」

「江戸に正式にお戻りにならぬので」

「男谷先生はそれがしの身柄を講武所で引取りたい考えのようじゃが、幕閣内にあれこれと意見があるようでな」

なんとも残念にございますな、と答えた武兵衛が、

「まさか長崎にお戻りの命《めい》が下ったのではございますまいな」

と今度はこちらを案じた。

「武兵衛どの、あれこれ早まりあるな。そのようでは藤之助どのが相談事を切り出せぬではないか」

お列が武兵衛を窘《たしな》め、視線を藤之助に向けた。

「陣内様に願い、参府御暇《さんぷおいとま》の許しを内々に得ました」

「おお、それは」

「祝着至極《しゅうちゃくしごく》にございます」

と二人がそれぞれ短くも感想を述べた。交代寄合衆にとって江戸勤番を解かれての領地への帰還は慶事であったのだ。

「とは申せ、かような時代にございます。それがしに二、三人の随行者で行おうかと存じます」

「藤之助どの、道中の費用《かかり》を案じられましたか」

「養母上、それは案じられますな」

と稲木楼が持参した二百両の礼金を藤之助は見せ、説明した。

「助かりましたな、のう、武兵衛」

「二百両あれば道中の威儀を整えることができます、お方様」

と武兵衛は、藤之助が素直にも礼金を受け取ったのはそのことが念頭にあったからかと得心した。

「いや、供は最少の者でよい。それより明朝にも御目付屋敷当番目付方に下番の願いを出してくれぬか。陣内様のお口添えがあるゆえ、早々に許しが得られよう」

と藤之助が命じるところに文乃が新たな茶を運んできた。

「藤之助どの、いつ出立《しゅったつ》しやるな」

「御目付の許しが出次第と考えております」

「ということは二、三日内にも出立がありますか」

「そのようなこともあろうかと」

「山吹陣屋の逗留はどれほどと考えればよろしいか」

「平時なれば半年一年もございましょう。ただし、安政二年十一月の触れ以来、領地逗留は不分明にございます。陣内様は沙汰次第で道中から引き返すこともあると申されました。ゆえに帰国を急いでおります」

「藤之助様、伊那に長くは滞在できないと考えて宜しいのですか」

文乃がなにか考えでもあるような表情で尋ねた。

「万々あるまい」

「供はだれを」

と武兵衛が拘《こだわ》った。

「用人格彦野儀右衛門《ひこのぎえもん》、相模辰治《さがみたつじ》二人の家臣に荷駄《にだ》一頭でよい」

「参府御暇がたった二人でございますか」

「よい。今は虚勢を張る時代ではないでな」

藤之助は稲木楼からの礼金を二つに割って百両を江戸屋敷の費《つい》えとして武兵衛に渡した。

三

甲州《こうしゅう》道中小仏峠《こぼとけとうげ》に女連れの一団が差し掛かった。

その朝、府中宿《ふちゅう》を七つ（午前四時）発《だ》ちした一行は日野《ひの》の渡しを経て日野宿、八王子《はちおうじ》と抜けて武蔵《むさし》から相模の国境《くにざかい》の峠に差し掛かったところだ。

刻限は昼前のことだ。

「文乃、足は大丈夫か」

一文字笠の縁を片手で上げた藤之助が同行する文乃に聞いた。

「私、これまでも江戸じゅうを歩き回っておりますれば、至《いた》って健脚にございます。それより気分爽快《そうかい》でいくらでも歩けそうに思います」

「道中は長い、気を張るでない」

座光寺藤之助為清の参府御暇の陣容は、主の他に用人格の彦野儀右衛門、小姓《こしょう》の相模辰冶、行儀見習いの文乃に荷駄を引く桃助《ももすけ》の四人だ。

彦野は家老引田武兵衛の手代として江戸屋敷の切り盛りをこつこつとこなす人物で、この十年以上も山吹陣屋に戻ったことがなかった。

藤之助はそのことを小耳に挟《はさ》み、供に加えることにした。また江戸屋敷育ちの相模には山吹陣屋を知る、よい機会として従えた。さらに荷駄一頭を引く小者の桃助は口入屋《くちいれや》からの雇い人だ。

道中男四人と馬一頭と考えていた藤之助は、出立前夜お列に座敷に呼ばれ、思いがけないことを聞かされることになった。

「藤之助どの、小なりといえども交代寄合伊那衆座光寺家の参府御暇の行列です。たった四人に馬一頭では御家人の登城並みかそれ以下です。もう一人華を添えて下され、お列からのお願いです」

「華を添えるとはどういうことで」

藤之助が問い返すとその場に控えていた文乃が自分の顔を指で差した。

「なに、文乃も山吹陣屋に参るというか」

「はい」

文乃は平然と応じ、お列が言い出した。

「文乃は内所が厳しい座光寺家にようも辛抱して奉公してくれました。此度《こたび》奉公を辞して、嫁に行く話が甲斐屋《かいや》から申し出がございました。目出度《めでた》い話です、礼儀作法はどこへ出しても恥ずかしゅうないほどに私とおよしが躾《しつ》けました。が、嫁入り道具がいくらなんでもそれだけではのう、藤之助どの」

「いかにもさよう。なんぞ座光寺家も文乃に嫁入り道具の一つも考えねばなりますまいな」

「で、ございましょう。そんなことを思案しておりますとな、文乃から最後の奉公に山吹陣屋への供がしたいという申し出がございました。甲斐屋は店の名前どおりの甲斐の出、道中で先祖の故郷を見たいという文乃の気持ちも分からぬではなし、どうしたものでしょうかな、藤之助どの」

藤之助はお列の顔から文乃に視線を移し、問うた。

「父御《ててご》母御《ははご》の許しあっての話か」

文乃が胸をぽーんと叩いた。

「いま一つ、そなたの婿《むこ》どのになる後藤松籟庵《ごとうしょうらいあん》の駿太郎《しゅんたろう》どのの許しを得たか」

「駿太郎様には文乃を嫁にお貰いになるのであれば、座光寺家へのご奉公最後の務め、お聞き届け下さいと願いました」

「承知なされたか」

「明朝、見送りに参られるそうにございます」

「すべて養母上とそなたで決まっていることではないか」

文乃とお列に内堀外堀と埋められた藤之助の想念に、大久保一族の意趣討ちが過《よ》ぎった。

「かような激動の御時世、道中あれこれと危難も降りかかるやもしれぬ。山吹陣屋から無事に江戸に戻れる保証はどこにもないぞ、文乃」

「文乃は水盃《みずさかずき》の覚悟にございます」

「ふうっ」

藤之助は溜息《ためいき》を思わず吐《つ》いた。

「ご承知のご返答と考えてようございますね」

藤之助はお列の顔を見て、致し方ございませぬと応じていた。

翌朝、言葉どおりに後藤松籟庵の嫡男駿太郎が座光寺家での出立から高井戸《たかいど》宿まで同道して見送ってくれた。

駿太郎は他家の飯を食べて修業しただけにその挙動落ち着き、思慮分別が顔にも応対にも現れていた。

藤之助は駿太郎を一目見たときから、

「文乃を幸せにしてくれる人物」

と確信した。

「駿太郎どの、そなたの嫁女、無事に江戸にお戻し申す。この藤之助の一命に代えてもな」

「あら、未だ私駿太郎様の嫁ではございませんわ」

文乃が答えると駿太郎が、

「座光寺様、文乃様はいささかじゃじゃ馬姫にございますれば、道中ご迷惑をお掛け申すやも知れませぬ。ご寛容のほど私からもお願い申します」

とこちらは丁寧《ていねい》に頭を下げて願った。

「そなたら、よい夫婦《めおと》になるやもしれぬ」

藤之助が思わず言うと文乃がからからと笑ったものだ。

小仏峠から小原《おばら》へと下り坂にかかり、江戸育ちの相模辰治が履《は》き慣れぬ草鞋《わらじ》に肉刺《まめ》を作り、足を引きずり出した。

「相模、まだ今宵《こよい》の宿までだいぶある。荷馬の上に乗れ」

と藤之助が命じた。

「いえ、家臣のそれがしが馬に乗っては世の中逆様《さかさま》にございます」

「足が不自由ゆえ荷馬の助けを借りる、それだけのことだ」

左右に振分に積まれた荷の上に小柄な辰治が跨《また》がって、再び一行は進み始めた。

「文乃、駿太郎どのは金の草鞋を履いて江戸じゅうを探してもなかなか見つからぬほどの人物だぞ。そなたは目が高い」

「あちら様が文乃を見初《みそ》められたのでございます。駿太郎様のお目が高いのです」

「初めて会うたときから気が合ったか」

「駿太郎様が大人ゆえ、私の我儘《わがまま》な物言いに合わせてくれました」

「赤い糸は駿太郎どのと結び直されたか」

文乃と初めて出会った座光寺家の湯殿で藤之助が、

「物心ついたときからそなたを承知していたような気になった」

と感想を洩らすと文乃が平然と、

「それは文乃と藤之助様が前世から赤い糸で結ばれているからです」

と答えたものだった。

「藤之助様と文乃の赤い糸は前世からと申し上げました。駿太郎様とはこの世の縁《えにし》にございます」

「なにっ、それがしと未だ赤い糸で結ばれておるてか」

「迷惑ですか」

文乃はあっけらかんとして問い質し、藤之助は苦笑いするしかなかった。

与瀬《よせ》を過ぎた頃合から藤之助は、前後を囲まれた予感を持った。

八王子から小仏峠を越えて五里余、相模が馬の背に跨ったとはいえ、文乃連れでなかなかの道中だ。

「昼餉《ひるげ》をどこぞで摂《と》って参ろうか」

与瀬は相模川の谷を見下ろす景勝の地にあって宿場内に本陣一つと旅籠《はたご》六軒があった。一行は馬を繋《つな》ぎとめることが出来る飯屋に入った。

「藤之助様、本日の泊まりはどこに致しますか」

と用人格の彦野が藤之助に聞いた。

「上野原《うえのはら》まで参れば万々じゃがな」

「ならばこの宿場から三里弱、七つ（午後四時）には辿《たど》り着きましょう」

彦野は十数年ぶりの帰郷ゆえ帰心に逸《はや》る表情をしていた。

「そなた、夜通しでも歩き通したい顔をしておるな」

「江戸屋敷におるときはさほど考えもしませんでしたが、旅に出た途端《とたん》里心が生じました」

「江戸から山吹陣屋まで六十余里はあるぞ」

「藤之助様は地震見舞いのあの折、三昼夜足らずで走り通されましたな」

「そなた、馬は慣れておるな」

藤之助が突然尋《たず》ねた。

「陣屋育ちにございますれば」

と答えながら彦野が訝《いぶか》しい顔をした。

一膳飯屋で筍飯《たけのこめし》に大根の古漬け、ぜんまいなど山菜が具の味噌汁で昼餉を食した一行は再び道中に戻った。辰治は肉刺《まめ》の治療を受けて再び徒歩に戻っていた。

「文乃、それがしの傍らに従っておれ」

路傍の野花を見つけては走り寄り摘《つ》んだり、流れに手を浸《ひた》したりする文乃を呼び寄せた。

「道草も道中の楽しみにございます、藤之助様」

文乃は江戸を離れて生き生きとしていた。

藤之助が一行に気を配りながら、関野《せきの》宿を過ぎて衣《ころも》ヶ滝《たき》に差し掛かった頃合、なぜか前後から旅人の姿が消えた。蛇行する道中の急な曲がりに差し掛かったとき、行く手に六、七人の待ち人を見た。

藤之助が振り向くと後方から陣羽織のようなものを着た武芸者風の男が供一人を従え、姿を現した。供は遠目に弓を背負う町村欣吾《まちむらきんご》に見えた。

「ひえっ」

と相模辰治が小さな悲鳴を上げた。

「藤之助様、お心当たりがございまするか」

と彦野が平静な声で聞いた。

山吹陣屋育ちだけに武芸一般の技量は片桐朝和《かたぎりあさたか》から叩き込まれていた。だが、藤之助と年が離れ、藤之助が幼年の頃に江戸屋敷の勤番を命じられたゆえに、彦野の記憶は藤之助にはない。江戸藩邸での朝稽古でもそう目立つ行動をとることはなかった。

彦野は彦野で片桐らに抜擢《ばってき》されて座光寺家の新しい当主に就いた藤之助が稀有《けう》の才の持ち主と察していた。その考えが確固としたのは、武器蔵の中で座光寺家先祖伝来の鉄砲《たま》殺しの甲冑《かっちゅう》を西洋短筒で木《こ》っ端微塵《ぱみじん》に砕いた度胸と手並みを見たからだ。

あの瞬間、藤之助は家臣らに伝来の甲冑を打ち砕くことで、

「新しい時代」

の到来と座光寺一族が来たるべき時代に即応して生きることを宣言したのだ。彦野には身震いするほどの感動であった。

「ないこともない」

一行は前後を詰められて足の歩みを止めた。

藤之助が後ろを振り向くと、

「大久保五郎丸どのか」

と誰何《すいか》した。

「いかにも、従弟《いとこ》純友の仇を討つ」

「大久保純友どのは南蛮よりの剣客と尋常の勝負をなして斃《たお》れたと聞いておる」

「戯言《たわごと》は通らぬ」

大久保五郎丸が前方の仲間に合図を送った。町村は黙してなにも語らない。

藤之助は前方の敵に視線を戻した。

剣術仲間か、あるいは金子で雇った武術家か。七人の中、槍、薙刀《なぎなた》、両端に鉄環を嵌《は》め込んだ赤樫《あかがし》の棒を携帯したものがそれぞれ一人ずつ、残りの四人は刀が武器と思えた。

「彦野、文乃と馬を囲んでこの場にあれ」

と藤之助が野地蔵の祠《ほこら》の傍らを指した。

「はっ」

と彦野が迅速《じんそく》に手配りをなし、自らは刀の鯉口《こいぐち》を切って次なる命を待つ構えを取った。それを辰治が真似《まね》た。

「こんな話は聞いていないぞ」

と口入屋から臨時に雇われた小者の桃助が文句を言った。

「桃助さんは江戸っ子でしょ、これも旅の醍醐味《だいごみ》だわ。見てらっしゃい、うちの主様《あるじ》の応対振りをね」

「応対なんて生易《なまやさ》しい話じゃねえぞ、文乃さん。見てみな、あの荒くれ武芸者の面魂をよ」

と桃助が言ったが女の文乃が平然としているので、ともかく様子を見る覚悟を決めた。

七人の武芸者が間合いを詰めるのを見て藤之助が不思議な行動をとった。腰の大小を抜くと文乃に渡した。彦野は、

(まさか白昼の天下の往来で連発短筒を遣《つか》われるのではあるまいな)

と一瞬危惧《きぐ》した。

だが、藤之助は馬の背に結わえ付けていた布包みを下ろすと、ぱらりと布を剥《は》いだ。すると甲州道中の晩春の陽射しに金象嵌《きんぞうがん》の鞘《さや》がきらきらと輝くクレイモア剣が姿を見せ、それを藤之助が鞘ごと虚空に掲げた。

「長崎帰りは南蛮狂いか」

大久保五郎丸が吐き捨てた。

藤之助が無言裡《り》に鞘を払った。鞘を彦野に預けた藤之助は、刃渡り四尺の馬上剣を

辺りを睥睨《へいげい》するように両手で突き上げた。

「命惜しくなくば参られよ」

七人の剣術家が藤之助の挑発を受けた。

「なにくそっ」

「虚仮《こけ》威《おど》しの道具でわれら七人衆の攻めが受けられるや」

鉄環が嵌められた赤樫の七尺棒がぐるぐると頭上で回転を始め、薙刀と槍が回転する棒から離れて左右に居並び、刀の四人が後詰《あとづめ》の態勢をとった。

「天竜暴れ水南蛮崩し」

と藤之助の口からこの言葉が洩れた。

「おおっ！」

赤樫の棒を頭上で回転させる武芸者が藤之助に向かって踏み込んできた。

藤之助もまたクレイモア剣を虚空に突き上げたまま自ら鉄環が、
びゅんびゅん
と空気を切り裂く間合いの中に踏み込むと、クレイモア剣が一条の光になって回転する赤樫の棒を襲った。

馬上剣が小太刀の迅速さで藤之助の左手から襲いくる赤樫を、

がつん

という音を立てて両断した。

あっ

と驚愕《きょうがく》の武芸者の肩口にクレイモア剣の切っ先が届いてその場に押し潰した。藤之助の動きはそれで終わりではなかった。赤樫の武芸者を一瞬の内に斃した藤之助は、クレイモア剣を車輪に回しながら薙刀の武芸者を襲うと、さらに後詰めの剣客四人に飛んで、胴を薙《な》ぎ切っていた。

クレイモア剣の斬れ味に四人の剣客は一太刀も振るうことなく薙ぎ倒されていた。

藤之助は元の場所に飛び下がり、残る二人の武芸者に向き合った。すでにクレイモア剣は高々と突き上げられていた。

赤柄の槍の穂先ががたがたと震えていた。

「もはや勝負は決した。そなたらは、仲間の介護が役目じゃあ」

二人の武芸者に言い放った藤之助は、後方の大久保五郎丸に視線を戻した。

「長崎の仇を甲州道中で討とうなどとは考えられぬことだ」

憤怒《ふんぬ》に燃えた両眼が爛々《らんらん》と輝き、真っ赤に紅潮した顔のこめかみの血管がぴくぴくと動いていた。

「おのれ」

刀の柄《つか》に手を掛けた五郎丸を町村欣吾が引き止めた。

それを確かめた藤之助は、

「彦野、参るぞ」

と用人格の彦野に命じた。


夕暮れ七つ半（午後五時）前、上野原宿に到着した藤之助一行は、伝馬宿《てんま》で新たに二頭の馬を借り受けた。

戦いの場の衣ヶ滝から上野原への道中の間、藤之助が、

「あの者、容易にそれがしを襲うことを諦めぬと見た。ならば、われらはあの者の考えの裏をかく」

と旅の変更を命じた。

夜旅を続けようというのだ。

伝馬宿で借り受けた馬体がしっかりとした黒毛に藤之助と文乃が乗り、もう一頭に彦野と相模の二人が、そして、江戸から引いてきた荷馬に桃助が跨った。

馬が用意される間、文乃は伝馬宿近くの一膳飯屋で握り飯に香のもの、それに貧乏

徳利に酒を詰めてもらって夜旅の仕度《したく》をなした。

「参るぞ」

日が落ちた街道を二人乗りの馬と荷馬の三頭が進み始めた。先頭は街道をよく知った彦野と辰治の馬が行き、真ん中に荷馬が進み、後ろに文乃を乗せた藤之助の順だ。

「文乃さんよ、おまえさんのいうとおりだ。おまえさんの主様は南蛮天狗か。少々毛色が変わっておられるぞ」

桃助が文乃に言った。

「驚くのはこれからよ」

と文乃が藤之助の行動を予測したように答えた。

藤之助は背後の街道を気にしながら馬を進めたが、大久保五郎丸と町村欣吾が態勢と気持ちを立て直して追跡してくるにはまだ時間が掛かりそうだと踏んだ。だが、意趣返しに燃える五郎丸がそうそう諦めるとも思えない。

「彦野、街道を外れたいがどうしたものか」

と先頭を行く彦野に話し掛けた。

「藤之助様、流れに沿う道中は道を外れると厄介《やっかい》にございます。諏訪《すわ》に入るまでは辛抱にございますよ」

と彦野儀右衛門が答えていた。

四

五日後、三頭の馬を引いた藤之助ら五人が、秋葉街道沿いの高遠《たかとお》城下を通過しようとしていた。

昼前の刻限だ。

衣ヶ滝での待ち伏せから、藤之助一行は甲州道中を夜のうちに旅をし、昼間、旅籠を外して山寺などに泊まりを重ねる旅を続けて、茅野《ちの》から杖突峠《つえつきとうげ》越えで高遠に出る天竜川左岸の秋葉街道を選んだ。

文乃を連れた藤之助一行の最後の賭けだった。

衣ヶ滝以来、大久保五郎丸らの気配は消えていた。だが、七人衆を先陣に送り込んだ五郎丸と町村がそう簡単に諦めるとも思えなかった。

必ずや山吹陣屋到着以前に決死の戦いを挑んでくる、との予測をつけた藤之助と彦野が相談し、甲州道中を大きく外したのだ。

「文乃、旅に出て生き生きしておるな」

手綱《たづな》を引く藤之助に、文乃が馬の面の向こうから陽に灼《や》けた顔を出し、

「見るもの聞くものが珍しゅうて、景色も見飽きませぬ。疲れておる場合ではございません」

「同じ江戸育ちでも男と女では違うものか」

江戸屋敷育ちの相模辰冶は、肉刺《まめ》を作ったせいもあり、足を引きずっての道中で元気をなくしていた。

「私には江戸の水より旅先の水が合《お》うております」

二人の行く手に高遠城が見えてきた。背景の山並みには山桜が咲き誇り、なんとも幽玄な城が浮かび上がっていた。

「内藤駿河守《ないとうするがのかみ》様の居城高遠じゃぞ」

足を止めた文乃が、

「奥女中の絵島《えじま》様がお流されになった高遠にございますか」

絵島は江島とも書く。七代将軍家継《いえつぐ》の生母月光院《げっこういん》に仕えた大奥の大年寄絵島が山村座の役者生島新五郎《いくしましんごろう》との付き合いを咎《とが》められ、正徳《しょうとく》四年（一七一四）に高遠に流刑になった騒ぎは歌舞伎などで繰り返し演じられたために江戸でもよく知られていた。

「いかにもその高遠城下だ」

「大奥の御女中がずいぶんと山深い地に流されたのですね」

文乃は百四十余年前の絵島の境遇に想いを馳《は》せたか、感嘆の声を洩らした。

高遠城下で道は大きく二つに分岐した。真っ直ぐ南に下りる秋葉街道と、もう一つは西に向かえば二里ほどで天竜の流れの縁に行き着いた。

藤之助一行は南下する秋葉街道を選んで栗沢川《くりさわがわ》沿いに分杭峠《ぶんぐいとうげ》へと向かった。冬場は雪に閉ざされる峠だ。

峠の頂《いただき》に到着した一行は馬を休め、茅野の百姓家で誂《あつら》えさせた握り飯と青菜漬で昼餉を摂ることにした。

「藤之助様、山吹まではあといくつ泊まりを重ねればようございますか」

うんざりとした様子の相模辰冶が藤之助に聞いた。

「夜旅を続ければ明朝にも天竜の流れを越えて山吹陣屋に着こう。だが、馬も疲れておるでな、もう一泊どこぞで泊まることになろう。出来れば夕暮れまでに大鹿村《おおしかむら》まで辿《たど》り着きたいものよ」

もはや藤之助にとっては秋葉街道も剣修行の場、覚えのある風景ばかりだ。

三頭の馬を休ませるために五人は十分に休憩をとった。食事の後、木陰で憩《いこ》う内に辰冶が鼾《いびき》を掻き始めた。それを聞いているうちに藤之助も眠りに落ちていた。

どれほど時が経過したか。

仮眠する頭が警告を発して、はっ、として藤之助は眠りから覚めた。

辰治と文乃の姿が傍らから消えていた。

殺気が漂う峠の頂を見回すと、藤之助らから半丁ほど離れた場所で岩清水を竹筒に注ごうとする二人の姿が目に留まった。

「少しは休まれましたか」

彦野が藤之助に話しかけた。桃助と彦野の二人、すでに馬の仕度《したく》をしていた。

「すまぬ、山吹陣屋の匂いを感じて安心したか、つい眠り込んだ」

「藤之助様は夜も昼もまともにお休みではございませぬ」

彦野と会話を重ねながらも、藤之助は辰治と文乃の姿を目に留めていた。

不意に峠の頂が天候の急変を告げる雷雲にでも覆《おお》われたようで怪しげな風が吹き始めた。

「文乃、辰治！」

と叫びながら藤之助は二人の許へと走った。

文乃が藤之助の叫びに竹筒を手に立ち上がった。岩清水を吐き出す岩場の上に大久保五郎丸が立ったのはそのときだ。

「逃しはせぬ」

と五郎丸が叫んだ。

「文乃、辰治、その場にしゃがんでおれ！」

と命じつつ、藤源次助真の柄に手をかけた。

岩場の上の五郎丸も朱塗りの鞘の刀を抜き放ち、今にも二人のもとへと飛び下りる気配を見せた。

藤之助と文乃らの間には未だ十余間が残されていた。

五郎丸が岩場を蹴れば万事休すだ。

藤之助は地を蹴って一気に飛ばんと試みた。虚空に身をおきつつ大久保五郎丸の動きを注視した。

（あやしいかな）

飛ぶ気配を見せた五郎丸が岩場の上で躊躇《ちゆうちよ》した。

「座光寺藤之助、愚かよのう！」

五郎丸が大声を発し、峠を吹き渡る風音に紛れて矢鳴りを感じた直後、藤之助の左太股《ふともも》に矢が突き立った。

うっ

と呻《うめ》きを洩らしつつ、それでも藤之助は岩清水の前に身を低くした二人の傍らに着地した。

名手町村欣吾の弓射だ。

うう っ
激痛が全身に走った。

痛みを堪《こら》えて立ち上がり、岩場の上の大久保五郎丸を牽制《けんせい》しようとした。だが、五郎丸の姿は忽然《こつぜん》と掻き消えていた。

五郎丸が文乃と辰冶を襲おうとした動きは、町村に矢を射させる陽動の策であったか。

その場にしゃがみこんだ藤之助は、道中袴《ばかま》を破ると矢傷を確かめた。強弓《つよゆみ》で射られた矢が鍛え上げられた藤之助の太股を貫通して、内側に鏃《やじり》の先が見えていた。

「藤之助様」

と叫ぶ辰冶に、落ち着け、と命じた藤之助は脇差《わきざし》を抜くと射入口の矢を切った。

再び激痛が走った。

文乃が着物の袖《そで》を引き千切って止血に遣おうとした。そこへ彦野と桃助が馬を引いて駆け付けてきた。

「藤之助様、怪我はいかがで」

「不覚であった」

と答えた藤之助は彦野に、

「あやつらはどうした」

大久保五郎丸と弓を射た連れの動静を確かめさせた。

「峠から一旦《いったん》姿を消したかに思えます」

よし、と答えた藤之助は、

「彦野、鏃を摑《つか》んで抜いてくれぬか」

と願った。

岩清水の前で俄《にわ》かの治療が行われることになった。矢傷から血が流れ出すのも構わず彦野と文乃が手伝い、突き出た鏃に指をかけて抜こうとしたがなかなか抜けなかった。

「どうなされましたな」

秋葉参りの帰路か、偶然にも講中《こうじゅう》一行が通りかかり、先達《せんだつ》の老人が藤之助の様子を見て、

「猪狩の流れ矢があたりましたか」

と傍らにしゃがみ込んだ。

「どれどれ、この年寄りにお任せ下さらぬか」

と彦野と文乃に代わろうとした。

「お医師どのでござるか」

「医師と申しても牛馬相手の田舎医者《いなか》じゃよ。それでも素人衆よりなんぼかよかろう」

と笑った老人が藤之助の口に手拭《てぬぐい》を咥《くわ》えさせた。そうしておいて道中嚢《どうちゅうのう》から携帯用の治療具を出し、その中から焼床箸《やっとこばし》のような器具を取り出して、

「ちと痛いが我慢なされ」

と鏃を挟んだ。藤之助は一旦咥えさせられた手拭を口から外すと、

「ご老人、遠慮はいらぬ、存分にやってくれ」

「難しい注文じゃがな、傷口には力をかけんで気楽にして下さらぬか。身を硬くするとなかなか鏃が抜けんでな」

と老人が片手に握った焼床箸にぐいっと力を入れて、

「心得た」

と藤之助が応じて口に手拭を押込んだ。

うっ
と老人が気合を発し、一気に焼床箸で引き抜いた。

藤之助の五体に激痛が走り、頭が真っ白になった。同時に太股から新たな血が流れ出すのが分かった。その間に手際よく消毒用の焼酎《しょうちゅう》が傷にかけられて、晒《さら》し布《ぬの》がきりきりと巻かれた。

ふうっ
と藤之助が息を吐いた。

「熱が出るやもしれぬぞ」

「造作をかけた」

「牛馬用の治療でな、ちと乱暴じゃが人も生き物、そう変わりはあるまい」

消毒用に使った焼酎を徳利からぐびりと飲んだ老人が、

「気をつけて旅をなされ」

「ご老人、治療代をお支払いしたい」

「旅の危難は相身互《あいみたが》いでな、お侍。おまえ様なれば四、五日もすれば傷が塞《ふさ》がろう」

と老人は講中の一行のもとに戻り、秋葉街道を高遠城下へと下っていった。

「助かった」

「峠にて休まれますか」

「いや、こうなれば山吹陣屋に一刻も早く駆け込もう」

いつもの黒毛の馬に文乃と藤之助が跨り、もう一頭に彦野と辰治、荷馬に桃助が荷と一緒に乗った。そして、峠の頂から下りにかかった。

藤之助の額《ひたい》に汗が吹き出してきた。馬の鞍《くら》にだらりと押し付けられた左足の傷口から血が流れるのが分かった。

「大丈夫でございますか」

藤之助の背にしがみ付くように跨った文乃が顔を延ばして藤之助の様子を心配した。

「文乃、案じるな。それより鞍に吊《つ》るした革鞄があろう。その中にあるものを取り出してくれぬか。重いが落とすでないぞ」

はい、返事をした文乃が身を屈《かが》めて革鞄の蓋《ふた》を開き、革鞘《ホルダー》に入ったスミス・アンド・ウエッソン社製輪胴式五連発短銃を握り締めて、

「まあ」

という声を発し、

「重いものですね」

と藤之助に聞いた。

「さほど驚きもせぬか」

「長崎に逗留された藤之助様が南蛮鉄砲に関心を示されるのは当たり前のことですわ。うちの商いなんてもう古いもの」

文乃も勘で新しい時代の到来を察していたのだ。

「革鞘から抜いてリボルバーだけをおれに渡せ」

「リボルバーというのですか」

文乃が短銃を藤之助の手に渡し、藤之助は懐に仕舞《しま》いこんで安心した。

藤之助は痛みを堪えながら、鹿塩川《しかしおがわ》沿いにゆらりゆらりと大鹿村へと下っていった。流血のせいか、意識が時折り薄れた。

「文乃、気が遠くなったと感じたときには首筋を叩いて起こせ、手加減するでないぞ、よいな」

「はっ、はい」

夕暮れが迫っていた。

まだ大鹿村まではだいぶ道程が残っていた。だが、藤之助にとってはもはや伊那谷の東を走る秋葉街道は領地内のようなものだ。どこの街道も山も川の流れも承知していた。

悲鳴が上がった。

先頭を務める彦野の叫びだ。悲鳴に藤之助の薄れる意識が覚醒《かくせい》した。

「何事か」

「前方の土橋に弓手が待ち受けております」

「多勢《たぜい》か」

「一人にございます」

跳躍する藤之助の太股を射抜いた弓の名手町村欣吾だろう。

「代われ」

藤之助の黒毛が彦野らに代わって前方に出た。霞《かす》む視界の中に土橋に立つ町村が見えた。すでに弓に矢を番《つが》えて構え、接近する藤之助に狙《ねら》いを付けていた。

「文乃、腰にしっかりと摑《つか》まっておれ。馬から振り落とされるぞ」

藤之助は痛みを堪えて黒毛馬の馬腹を蹴った。

町村が弓を満月に引き絞った。

藤之助らの乗る馬と弓手の間合いが半丁を切った。

藤之助が懐に片手を突っ込むとリボルバーを抜き出し、構えた。

町村も矢を放とうとした。

藤之助が霞む目の中で必死に町村を捉え、引き金を二度続けて引き絞った。

（あやつ、なんとリボルバーを）

町村が藤之助の手のリボルバーを見てわずかに動揺した。その迷いが矢を放つ遅れに繋《つな》がった。名手が誤りを犯した。

ずん、ずん！

弓と銃、動揺と覚悟の差が生死を分かった。

二発の銃弾が薄暮の中、一瞬にして大目付宗門御改与力町村欣吾の胸を貫通して後方へと吹き飛ばした。

「はいよ！」

藤之助は馬腹を蹴って町村が転がる土橋を駆け抜け、彦野らと桃助の馬が後に続いた。

翌未明、藤之助らは朝靄《あさもや》が水面を覆う天竜川の左岸に出た。対岸に山吹陣屋が望める筈《はず》だが靄の彼方《かなた》に姿を消していた。

「文乃、山吹領に着いたぞ」

「陣屋はどちらにございますか」

「われらが立つ岸辺の正面じゃが、靄が邪魔をしておるわ」

藤之助は黒毛から下りると文乃を抱き下ろした。

「矢傷は未だ痛みますか」

「痛みより痺《しび》れが気になるな」

彦野らも馬の鞍から下りて天竜の流れで顔を洗った。

藤之助も夜旅の穢《けが》れを天竜の水で清めようと流れの縁に足を引き摺《ず》り歩み寄ろうとした。

そのとき、靄を突いて一人の武士が姿を見せた。

大久保五郎丸だ。

藤之助は流れの縁に向けた体を五郎丸に向け直した。

「藤之助様、助勢お許し下さい」

彦野儀右衛門の言葉に藤之助が短く答えた。

「ならぬ」

藤之助は、藤源次助真を鞘ごと腰から抜くと、それを杖代わりに痺れた左足を引き摺り、朝靄に立つ五郎丸へと歩み寄った。

五間の間合いで藤之助が足を止め、反対に大久保五郎丸がさらに詰めた。

一間半で両者は向き合った。

「従弟大久保純友の仇を討つ」

「無益なり」

藤之助が答え、藤源次助真を鞘のまま胸前に立て、両手で保持した。

「山吹陣屋に眠る座光寺一族の霊に申し上ぐる。信濃一傳流奥傳従踊《おうでんじゅうよう》八手の内、三の太刀、ご披露申す」

大久保五郎丸は朱鞘の刀を抜いて上段にとった。

藤之助は胸前に立てたままだ。

五郎丸が上段の剣をゆるゆると下ろし、中段に付け直した。

藤之助が間合いをさらに詰めた。

五郎丸の中段の刀の切っ先と藤之助が鞘ごと立てた助真の間は三尺余か。

「座光寺藤之助為清の命、所望！」

五郎丸が敢然と踏み込んできた。中段の剣が引き付けられて藤之助の首筋に延びてきた。

藤之助は待った。寸毫《すんごう》の間を読んで耐えて待った。

生死の境を越えて五郎丸の切っ先が延びてきた。
その瞬間、両手に保持されて立てられた助真が虚空に向かって突き上げられた。さらに柄を保持する両手が下方へと引き戻された。すると、
ふわり
と鞘だけが抜けて虚空高く浮遊した。
一瞬、五郎丸の注意が空を舞う鞘にいった。
抜き身になった助真を持つ手首が優美に捻《ひね》られて突っ込んできた五郎丸の胴を深々と薙ぎ斬った。
その直前、皮一枚に五郎丸の切っ先を首筋に感じていたが、その気配が、
すうっ
と消えて、五郎丸の体を天竜の流れへと吹き飛ばしていた。再び、抜き身の助真が優雅にも立てられて、虚空から鯉口を下に落下してきた鞘が、
すっぽり
と優しくも包むように納まった。
「ご先祖様、見られたか。従踊三の太刀、鞘飛ばし」
風が河原を吹き抜けて朝靄を吹き飛ばした。

「ああっ、あれが山吹陣屋にございますか」

文乃の声がした。

藤之助が戦いから河原に視線を戻すと、重畳《ちょうじょう》たる山並みの嶺から光が対岸の高台に差し込んできて、小さな陣屋を照らし出した。

「わが故郷山吹領に戻ってきた」

藤之助は助真を腰に手挟《たばさ》みながら、平穏な感慨が胸に満ちるのを感じていた。

解説

井家上隆幸（文芸評論家）

信濃国伊那谷《しなののくにいなだに》四ヶ村千四百十三石を領地とし、直参《じきさん》旗本ながら大名並みに参勤交代する交代寄合衆《こうたいよりあいしゅう》三十四家の一つ座光寺家《ざこうじけ》で禄《ろく》七石の下士、二十一歳の本宮藤之助《ほんぐうとうのすけ》が、安政《あんせい》二年（一八五五）陰暦十月二日江戸大地震の報《しら》せに、六十余里（約二百四十キロ）を二昼夜で疾《はし》り、家宝の名剣包丁正宗《まさむね》を持ち出し吉原《よしわら》の遊女瀬紫《せむらさき》と失踪《しっそう》した主《あるじ》、左京為清《さきょうためすが》を討ち、為清になりかわって将軍家定《いえさだ》にお目見《めみ》え、座光寺の当主となって一年余。

その間、為清の仇《かたき》と襲いかかる剣客たちを信濃一傳流《しなのいちでんりゅう》の秘剣「天竜暴れ水」を振って斬り、瀬紫を追って伊豆半島で唐人海賊を倒し、老中首座堀田正睦《ほったまさよし》の命で下った長崎で、幕府きりしたん探索方や、唐人海賊老陳《ろうちん》と瀬紫ことおらんの放った異国の剣士と闘い、さらには相愛の混血美女高島玲奈《たかしまれいな》と上海《シャンハイ》に密行して東方貿易を仕切る長崎会《かい》所《しょ》の裏切り者を倒し——と既刊八巻をくくれば（物足りぬ向きは既刊八巻の諸氏の解説を参照されたい）、座光寺藤之助、「太刀風迅速果敢に打ち込め、一の太刀が効かずば二の太刀を、二の太刀が無益なれば三の太刀に繋《つな》げよ」と名刀藤源次助真《とうげんじすけざね》を振う武辺一辺倒の男と思えようが、なかなか。

伊豆で江川太郎左衛門《えがわたろうざえもん》と出会い、異国の船の大きさ、鉄砲の威力を実感し、ペリーの黒船の来航に右往左往する幕府の醜態を見て、このままでは「幕府は滅びる。国もまた衰亡致す」と予感し、さらに西欧列強の植民地となった上海に「亡国」の悲惨をしかと見すえた藤之助である。日本は「開国」しなければ清《しん》の二の舞、列強の植民地となるだろう、だが開国は徳川幕府二百五十年の終焉《しゅうえん》の時でもあるだろうと予見する。

それから六年後の文久《ぶんきゅう》二年（一八六二）五月、太平天国《たいへいてんごく》の乱で西欧列強に敗れた上海を見、日記に「まことに支那の地は支那に属すと雖《いえど》も、英仏の属地と謂《い》ふも可也《べきなり》。……豈宜《あによし》ならんや、我が邦人と雖も心を須《もち》ゐざるべきなり。支那の事に非ざる也」と記した高杉晋作《たかすぎしんさく》は、その危機意識から富国強兵と攘夷《じょうい》を主張、倒幕を実行するのだが、では譜代《ふだい》旗本交代寄合衆で、三代将軍家光《いえみつ》から「首斬安堵《くびきりあんど》」の朱印状をあたえられた座光寺家はいかにあるべきか。

「首斬安堵」とは将軍の介錯《かいしゃく》。包丁正宗は切腹刀、藤之助の愛刀藤源次助真は介錯刀である。この使命ははたさねばならない。となれば藤之助の往《ゆ》く道はただ一つ、将軍家の安泰をはかりながら「開国」を実現していくこと、である。

その藤之助をとりまく状況を見ておこう。藤之助を召還《しょうかん》した堀田正睦は、アメリカ領事ハリスと通商条約締結交渉に入っている。すでにオランダとは、長崎・箱館《はこだて》における通商開始（ただし貿易のやり方は商人同士の自由な取引ではなく、従来通り会所取引で、役人が仲介する）や信教の自由、踏絵の廃止などを認めた日蘭《にちらん》条約を結んでいる。

だがハリスは、会所取引を拒否し自由貿易を主張して幕府と交渉、安政五年（一八五八）正月、日米通商条約案が成立する。

堀田正睦は、諸大名に貿易開始はやむなしとし、意見を求めた。諸大名のほとんどは貿易開始もやむをえない、ただし朝廷に奏上して勅許《ちょっきょ》を受けよという意見が多く、堀田正睦も自身京都に出かけて勅許を得ることとし、ハリスと交渉して条約調印期日を三月五日と決めた。

一月、上京した堀田正睦は、関白・摂政など朝廷の最高指導部を通じて孝明《こうめい》天皇の勅許を得ようとするが、極端な夷嫌《い》いである天皇や公卿《くぎょう》たちは耳を貸さず、二月に入るともう一度諸大名の意見を聞いてあらためて勅許を願い出るようにという天皇の意思を堀田正睦に伝えた。そして三月、同じ勅 諚《ちょくじょう》が出され、堀田正睦の努力は水泡に帰した。

しかもそこへ病弱の将軍家定の継嗣《けいし》をめぐる「将軍継嗣問題」が持ち上がり、前水《み》戸《と》藩主徳川斉昭《とくがわなりあきら》の第七子一橋慶喜《ひとつばしよしのぶ》を推す一橋派と、紀州藩主徳川慶福《よしとみ》を推す南紀派が鎬《しのぎ》を削る暗闘をくりひろげ、勅許が得られぬまま堀田正睦が江戸に帰着した直後、南紀派の重鎮井伊直弼《いいなおすけ》が大老となり、一橋派の左遷・追放を開始する。

ハリスは英・仏艦隊が大艦隊を派遣して日本に通商条約締結を迫ろうとしているという風説を利用して、通商条約の締結を迫り、安政五年六月十九日、井伊直弼は日米修好通商条約に調印する。勅許なき条約調印と紀州慶福将軍継嗣決定は、一橋派大名や勤王攘夷派の憤激を呼び、井伊直弼はこれを弾圧する。世に言う「安政の大獄」である。

本書、シリーズ第九作『御暇《おいとま》』は、約一年の長崎滞留を終え、江戸に召還された藤之助が、故郷伊那谷に帰るところで終わるのだが、この帰郷がほんの一時のことであり、世界への政治的・経済的舞台が長崎から横浜へと移るなかで、長崎海軍伝習所から帰ってきた勝麟太郎《かつりんたろう》らとともに、堀田正睦を助けて「開国」と「幕府安泰」のために奮迅《ふんじん》するであろうことはいうまでもない。なにせ堀田正睦の「政治舞台」からの退場までは後二年しかないのである。

となれば、波乱万丈の展開を見せてきたシリーズも、ここまではいわば剣一筋の藤之助が、「日本を突き動かしている時代の波が座光寺先生を風雲の渦中におくのです」と勝麟太郎（海舟）が言った、その時代の波のなかで、「どうすれば国を救えるか」に眼を開いていく、いわば序章というか成長譚。さればこれから、堀田正睦の主導する「開国」をめぐって、さまざまな力が渦巻くなかで、江戸で下田《しもだ》ではたまた京都で、藤之助の信濃一傳流奥義の豪快華麗な斬人剣、それにスミス・アンド・ウエッソン五連発リボルバーの必殺の銃弾が刺客を切り裂き、おそらく高島玲奈も出府して、藤之助ともども拳銃《けんじゅう》の華麗な舞を見せるだろう——と、砂漠に放り出され水に渇えた旅人気分にさせる。まことに佐伯泰英、罪な作家ではある。

佐伯泰英の作品群を歴史年表に沿って整序すれば、五代綱吉《つなよし》から八代吉宗《よしむね》—十代家治《いえはる》—十一代家斉《いえなり》—十二代家慶《いえよし》—十三代家定と、徳川幕府二百年を貫通し、剣の道を究めようと精励しながら、庶民の義理と人情の世界に身をおき心をおいて生きる男の生をえがいて、いわば〝佐伯江戸史〟を成り立たせようという意欲にぶつかる。

その意味では、この「交代寄合伊那衆異聞」シリーズは、〝佐伯江戸史〟の棹尾《とうび》をなすといえる。これまではあるいは鎖国のゆえに語るまでもなかったであろう〝大状況〟を座光寺藤之助の行動に溶け込ませ、「首斬安堵」と「幕府滅亡」の狭間で藤之助がいかに幕末─戊辰《ぼしん》戦争を迎えるか、想像するだけでもわくわくしてくるではないか。

本書は文庫書下ろし作品です

|著者|佐伯泰英　1942年福岡県生まれ。闘牛カメラマンとして海外で活躍後、国際冒険小説執筆を経て、'99年から時代小説に転向。迫力ある剣戟シーンや人情味ゆたかな庶民性を生かした作品を次々に発表し、平成の時代小説人気を牽引する作家に。文庫書下ろし作品のみで累計2000万部を突破する快挙を成し遂げる。「密命」「居眠り磐音江戸双紙」「吉原裏同心」「夏目影二郎始末旅」「古着屋総兵衛影始末」「鎌倉河岸捕物控」「酔いどれ小籐次留書」など各シリーズがある。講談社文庫では、『変化』『雷鳴』『風雲』『邪宗』『阿片』『攘夷』『上海』『黙契』に続き、本書が「交代寄合伊那衆異聞」シリーズ第9弾。

御暇《おいとま》　交代寄合伊那衆異聞《こうたいよりあいいなしゅういぶん》

佐伯泰英《さえきやすひで》

講談社文庫

定価はカバーに
表示してあります

2008年11月14日第1刷発行

発行者——野間佐和子

発行所——株式会社　講談社

東京都文京区音羽2-12-21　〒112-8001

電話　出版部（03）5395-3510
　　　販売部（03）5395-5817
　　　業務部（03）5395-3615

Printed in Japan

デザイン—菊地信義

本文データ制作—講談社プリプレス管理部

印刷———株式会社廣済堂

製本———有限会社中澤製本所

ISBN978-4-06-276211-3

講談社文庫刊行の辞

二十一世紀の到来を目睫に望みながら、われわれはいま、人類史上かつて例を見ない巨大な転換期をむかえようとしている。

世界も、日本も、激動の予兆に対する期待とおののきを内に蔵して、未知の時代に歩み入ろうとしている。このときにあたり、創業の人野間清治の「ナショナル・エデュケイター」への志を現代に甦らせようと意図して、われわれはここに古今の文芸作品はいうまでもなく、ひろく人文・社会・自然の諸科学から東西の名著を網羅する、新しい綜合文庫の発刊を決意した。

激動の転換期はまた断絶の時代である。われわれは戦後二十五年間の出版文化のありかたへの深い反省をこめて、この断絶の時代にあえて人間的な持続を求めようとする。いたずらに浮薄な商業主義のあだ花を追い求めることなく、長期にわたって良書に生命をあたえようとつとめるところにしか、今後の出版文化の真の繁栄はあり得ないと信じるからである。

同時にわれわれはこの綜合文庫の刊行を通じて、人文・社会・自然の諸科学が、結局人間の学にほかならないことを立証しようと願っている。かつて知識とは、「汝自身を知る」ことにつきていた。現代社会の瑣末な情報の氾濫のなかから、力強い知識の源泉を掘り起し、技術文明のただなかに、生きた人間の姿を復活させること。それこそわれわれの切なる希求である。

われわれは権威に盲従せず、俗流に媚びることなく、渾然一体となって日本の「草の根」をかたちづくる若く新しい世代の人々に、心をこめてこの新しい綜合文庫をおくり届けたい。それは知識の泉であるとともに感受性のふるさとであり、もっとも有機的に組織され、社会に開かれた万人のための大学をめざしている。大方の支援と協力を衷心より切望してやまない。

一九七一年七月

野間省一

講談社文庫 最新刊

佐伯泰英
黙《もっ》契《けい》〈交代寄合伊那衆異聞〉
列強との彼我の差を体感した剣豪旗本藤之助。仇敵との決着、長崎でつける！〈文庫書下ろし〉

佐伯泰英
御《お》暇《いとま》〈交代寄合伊那衆異聞〉
江戸に帰還した藤之助の新たなる使命とは!? シリーズ初の2冊同時刊行!!〈文庫書下ろし〉

田中芳樹
タイタニア2〈暴風篇〉
単なる一軍人に敗れたタイタニア。一族の命運はいかに!? アニメとともに甦った名作。

森 博嗣
探偵伯爵と僕〈His name is Earl〉
夏休み、親友が連続して行方不明になった。新太に迫る犯人の影。秘密の調査が始まる。

石川英輔
江戸時代はエコ時代
まさに究極のエコ文明。江戸時代の驚くべき知恵を豊富な図版で読み解く文庫オリジナル。

島村英紀
「地震予知」はウソだらけ
'65年に地震予知が開始されて40年以上。莫大な予算が投入されたのに、一度も成果がない！

泉 麻人
お天気おじさんへの道
気象予報士コラムニスト誕生！ 試験のコツや天気の知識も身に付く、お役立ちエッセイ。

牧野 修
嫐 アウトサイダー・フィメール
ミステリーか!? それともファンタジーか!? 美少女と美女の行くところ死屍累々の問題作。

陳 舜臣
新装版 **新西遊記（上）（下）**
四大奇書のひとつ『西遊記』の奔放な魅力を中国小説の第一人者が解き明かす名テキスト。

栗本 薫
第六の大罪〈伊集院大介の飽食〉
暴食——それは悪魔が司る、人間が犯してはならない大罪。シュールな短編のフルコース。

日本推理作家協会 編
隠された鍵〈ミステリー傑作選〉
石田衣良、中島らも、法月綸太郎など9名の作家の、企みと謎に満ちたミステリー短編集。

クリス・ムーニー
高橋佳奈子 訳
贖罪の日
女性科学捜査官ダービーが、連続女性誘拐犯を追いつめる、傑作サスペンス・スリラー！

講談社文芸文庫

色川武大

遠景・雀・復活　色川武大短篇集

解説＝村松友視　年譜＝著者

自らの生を決めかね、悲しい結末を迎える若き叔父・御年《みとし》。彼の書き残した手紙で構成した「遠景」をはじめとし、最後の無頼派作家が描く、はぐれ者の生と死、九篇。

978-4-06-290030-0　いN3

村山槐多

槐多の歌へる　村山槐多詩文集　酒井忠康編

解説・年譜＝酒井忠康

大正時代、放浪とデカダンスのうちに肺患により夭折した天才画家は、生得の詩的才能にも恵まれていた。その迸《ほとばし》る〈詩魂〉を詩、短歌、小説、日記を通して辿る詩文集。

978-4-06-290032-4　むD1

グリム兄弟

完訳グリム童話集2

訳・解説＝池田香代子

グリム兄弟は農民や職人など普通の人々を近代ドイツの根拠とし、メルヒェンは彼等を魂の次元で結ぶものだった。第二巻には「幸せなハンス」「命の水」等、六三篇収録。

978-4-06-290031-7　クA2

酒井順子　ホメるが勝ち！
酒井順子　少　子
酒井順子　負け犬の遠吠え
酒井順子　その人、独身？
佐野洋子　嘘　ばっか〈新釈・世界おとぎ話〉
佐野洋子　猫　ば　っ　か
佐野洋子　コッコロから
桜木もえ　純情ナースの忘れられない話
佐藤賢一　二人のガスコン(上)(中)(下)
佐藤賢一　ジャンヌ・ダルクまたはロメ
笹生陽子　ぼくらのサイテーの夏
笹生陽子　きのう、火星に行った。
佐伯泰英　変《へん》化《げ》〈交代寄合伊那衆異聞〉
佐伯泰英　雷　鳴〈交代寄合伊那衆異聞〉
佐伯泰英　風　雲〈交代寄合伊那衆異聞〉
佐伯泰英　邪　宗〈交代寄合伊那衆異聞〉
佐伯泰英　阿　片〈交代寄合伊那衆異聞〉
佐伯泰英　攘　夷〈交代寄合伊那衆異聞〉
佐伯泰英　上　海〈交代寄合伊那衆異聞〉

沢木耕太郎　一号線を北上せよ〈ヴェトナム街道編〉
笹生陽子　バラ色の怪物
坂元　純　ぼくのフェラーリ
里見　蘭／三田紀房／原作　小説　ドラゴン桜〈カリスマ教師集結篇〉
里見　蘭／三田紀房／原作　小説　ドラゴン桜〈挑戦！　東大模試篇〉
佐藤友哉　フリッカー式〈鏡公彦にうってつけの殺人〉
佐藤友哉　エナメルを塗った魂の比重〈鏡稜子ときせかえ密室〉
佐藤友哉　水没ピアノ〈鏡創士がひきもどす犯罪〉
桜井亜美　チェルシー
桜井亜美　Frozen《フローズン》 Ecstasy《エクスタシー》 Shake《シェイク》
サンプラザ中野　大きな玉ネギの下で〈小説〉
櫻田大造　「優」をあげたくなる答案・レポートの作成術
桜井潮実　「うちの子は『算数』ができない」と思う前に読む本
佐川光晴　縮　ん　だ　愛
沢村　凜　カ　タ　ブ　ツ
司馬遼太郎　新装版　播磨灘物語　全四冊
司馬遼太郎　新装版　箱根の坂(上)(中)(下)
司馬遼太郎　新装版　アームストロング砲
司馬遼太郎　新装版　歳　月(上)(下)

司馬遼太郎　新装版　おれは権現
司馬遼太郎　新装版　大　坂　侍
司馬遼太郎　新装版　北斗の人(上)(下)
司馬遼太郎　新装版　軍　師　二　人
司馬遼太郎　新装版　真説宮本武蔵
司馬遼太郎　新装版　戦　雲　の　夢
司馬遼太郎　新装版　最後の伊賀者
司馬遼太郎　新装版　俄(上)(下)
司馬遼太郎　新装版　尻啖え孫市(上)(下)
司馬遼太郎　新装版　王城の護衛者
司馬遼太郎　新装版　妖　怪(上)(下)
司馬遼太郎　新装版　風の武士(上)(下)
司馬遼太郎／海音寺潮五郎　新装版　日本歴史を点検する
司馬遼太郎／井上ひさし　新装版　国家・宗教・日本人
司馬遼太郎／陳舜臣／金達寿　新装版　歴史の交差路にて〈日本・中国・朝鮮〉
柴田錬三郎　岡っ引どぶ　正・続〈柴錬捕物帖〉
柴田錬三郎　お江戸日本橋(上)(下)
柴田錬三郎　三　国　志〈柴錬痛快文庫〉
柴田錬三郎　江戸っ子侍(上)(下)

講談社文庫　目録

柴田錬三郎　貧乏同心御用帳
柴田錬三郎　新装版 岡っ引どぶ〈柴錬捕物帖〉
柴田錬三郎　新装版 顔十郎罷り通る(上)(下)
城山三郎　ビッグボーイの生涯〈五島昇その人〉
城山三郎　この命、何をあくせく
白石一郎　火炎城
白石一郎　鷹ノ羽の城
白石一郎　銭の城
白石一郎　びいどろの城
白石一郎　庖丁ざむらい〈十時半睡事件帖〉
白石一郎　観音妖女〈十時半睡事件帖〉
白石一郎　刀〈十時半睡事件帖〉
白石一郎　犬を飼う武士〈十時半睡事件帖〉
白石一郎　出世長屋〈十時半睡事件帖〉
白石一郎　おんな舟〈十時半睡事件帖〉
白石一郎　東海道をゆく〈十時半睡事件帖〉
白石一郎　海よ島よ〈歴史紀行〉
白石一郎　乱世を斬る
白石一郎　海将(上)(下)〈歴史エッセイ〉
白石一郎　蒙古襲来〈海から見た歴史〉
志茂田景樹　真・甲陽軍鑑〈武田信玄の秘密〉
志水辰夫　帰りなん、いざ
志水辰夫　花ならアザミ
志水辰夫　負け犬
新宮正春　抜打ち庄五郎
島田荘司　占星術殺人事件
島田荘司　殺人ダイヤルを捜せ
島田荘司　火刑都市
島田荘司　網走発遙かなり
島田荘司　御手洗潔の挨拶
島田荘司　死者が飲む水
島田荘司　斜め屋敷の犯罪
島田荘司　ポルシェ911《ナインイレブン》の誘惑
島田荘司　御手洗潔のダンス
島田荘司　本格ミステリー宣言
島田荘司　本格ミステリー宣言II〈ハイブリッド・ヴィーナス論〉
島田荘司　暗闇坂の人喰いの木
島田荘司　水晶のピラミッド
島田荘司　自動車社会学のすすめ
島田荘司　眩(めまい)暈
島田荘司　アトポス
島田荘司　異邦の騎士
島田荘司　改訂完全版 異邦の騎士
島田荘司　島田荘司読本
島田荘司　御手洗潔のメロディ
島田荘司　Pの密室
島田荘司　ネジ式ザゼツキー
島田荘司　都市のトパーズ2007
島田荘司　21世紀本格宣言
塩田潮　郵政最終戦争
清水義範　蕎麦《そば》ときしめん
清水義範　国語入試問題必勝法
清水義範　永遠のジャック&ベティ
清水義範　深夜の弁明
清水義範　ビビンパ
清水義範　お金物語
清水義範　単位物語

清水義範　神々の午睡(上)(下)
清水義範　私は作中の人物である
清水義範　春　高　楼　の
清水義範　イエスタデイ
清水義範　青二才の頃〈回想の'70年代〉
清水義範　日本ジジババ列伝
清水義範　日本語必笑講座
清水義範　ゴミの定理
清水義範　目からウロコの教育を考えるヒント
清水義範　世にも珍妙な物語集
清水義範　ザ・勝負
清水義範　清水義範ができるまで
清水義範 西原理恵子・え　おもしろくても理科
清水義範 西原理恵子・え　もっとおもしろくても理科
清水義範 西原理恵子・え　どうころんでも社会科
清水義範 西原理恵子・え　もっとどうころんでも社会科
清水義範 西原理恵子・え　いやでも楽しめる算数
清水義範 西原理恵子・え　はじめてわかる国語
清水義範 西原理恵子・え　飛びすぎる教室

椎名誠　フグと低気圧
椎名誠　犬の系譜
椎名誠　水域
椎名誠　にっぽん・海風魚旅〈怪し火さすらい編〉
椎名誠　〈にっぽん・海風魚旅2〉くじら雲追跡編
椎名誠　〈にっぽん・海風魚旅3〉小魚びゅんびゅん荒波編
椎名誠　〈にっぽん・海風魚旅4〉大漁旗ぶるぶる乱風編
椎名誠　もう少しむこうの空の下へ
椎名誠　モヤシ
椎名誠　アメンボ号の冒険
椎名誠　風のまつり
東海林さだお 椎名誠　やぶさか対談
島田雅彦　フランシスコ・X
島田雅彦　食いものの恨み
真保裕一　連鎖
真保裕一　取引
真保裕一　震源
真保裕一　盗聴
真保裕一　朽ちた樹々の枝の下で

真保裕一　奪取(上)(下)
真保裕一　防壁
真保裕一　密告
真保裕一　黄金の島(上)(下)
真保裕一　発火点
真保裕一　夢の工房
真保裕一　灰色の北壁
周大荒 渡辺精一訳　反三国志(上)(下)
篠田節子　贋《がん》作《さく》師《し》
篠田節子　聖域
篠田節子　弥勒
篠田節子　ロズウェルなんか知らない
笙野頼子　居場所もなかった
笙野頼子　幽界森娘異聞
下川裕治 桃井和馬　世界一周ビンボー大旅行
下川裕治 篠原章　沖縄ナンクル読本
篠田真由美　未明の家〈建築探偵桜井京介の事件簿〉
篠田真由美　玄《くろ》い女神〈建築探偵桜井京介の事件簿〉
篠田真由美　翡《ひ》翠《すい》の城〈建築探偵桜井京介の事件簿〉

2008年9月15日現在